조태일 전집

조태일 전집

시

02

이동순 엮음

창비

일러두기

1. 『아침 船舶』(선명문화사 1965) 이후 단행본 시집을 간행연도순으로 수록하고 미간행 유고는 마지막에 실었다. 작품 수록순서는 단행본 시집의 것을 따랐다.
2. 한 작품이 이후 시집이나 선집에 재수록된 경우 처음 출간된 시집에 실린 작품을 정본으로 했다.
3. 명백한 오자는 바로잡고 띄어쓰기는 현행 표기법에 따랐으며, 제목과 본문의 한자는 가급적 원본 그대로 두었다.

산속에서 꽃속에서

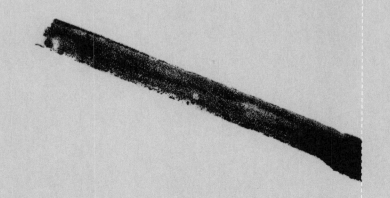

짧은 시
종철에게

책상을 손바닥으로 '탁' 치니까
'억' 하고 쓰러져 숨졌다?

종철아,
네가 모른다고 책상을 '탁' 치니까
아저씨께선
'억' 하고 쓰러져서 운명하시고
너는 이렇게 살아남았느냐?

탁과 억 사이에서

탁 자는 우리 민족의 언어입니다.
억 자도 마찬가지입니다.

탁 자와 억 자가 신문에 나기 시작하면서
사람들의 입에 오르내리면서
한 해 동안 끊기로 했던 술을
됫술, 말술로 나는 마시기 시작했죠.

술을 마신 뒤에도 잠이 오지 않습니다.
이 탁 자와 억 소리가 내 방을
기어다니기도, 천장에 매달리기도 해
여간 무서운 것이 아니지요.

밥 먹을 때도 탁과 억 소리가 씹힙니다.
길을 가도 탁과 억 소리가 차입니다.
시를 써도 탁과 억 자만 씌어집니다.
책을 봐도 온통 탁과 억 자뿐이죠.

아무래도 중병입니다.
배울 만큼 배웠어도 다른 어휘는 모르고
탁 자와 억 자만 내 머릿속에 가득하죠.

정신병동에서
정신병을 앓고 있음이 분명합니다.

탁?
억?
탁억탁억탁억탁억, 억탁억탁억탁억탁
야산의 수풀 같기도 하고
탁억탁억탁억탁억, 억탁억탁억탁억탁
양영자와 현정화가 탁구 치는 소리 같기도,
김완과 유남규의 탁구 치는 소리 같기도 하고

민주정치와 독재정치가 뒤얽혀
싸우는 꼴 같기도 합니다.
거듭 태어나라, 태어나라
신께서 우시면서 간곡히 말씀하시는
간단하면서 단호한 어조 같기도 하죠.

탁!
억?
탁!억?탁!억?탁!억?탁!억?

시를 써서 무엇하랴

문학은 진실이라고 배웠다.
시에 이르는 길은 진실의 길밖에 없다고,
나의 스승 이산 김광섭 시인은 가르쳤다.

스승께서는 일제하에서 4년여 옥고를 치르셨고
해방을 맞아 새 나라 건설에 뛰어들었다.

정치판을 떠나 대학에서
문학을 강의하셨고
노후에는 유명한 『성북동 비둘기』를 남기셨다.
아직도 진실을 모른 채

제자인 나는 지금도 꾀죄죄하게
살아남아서
이런 따위의 시를 끄적이고 있다

시를 써서 무엇하랴!
탁 소리 앞에
다 무너지는 삶인데……

길

그냥 가렵니다.
황톳길이건 돌밭길이건
잠 못 이루고 서로 앉아 몸 비비며
깨어 있는 풀밭길이라도
어쩌겠소, 어쩌겠소.

그냥 떠나렵니다.
마음 편하건 안 편하건
오늘밤도 저리 잠 못 이루고
깨어서 반짝이는 별밭길이라도
어쩌겠소, 어쩌겠소.

책들도 노트도 불태워버리고
다시 태어나는 순간으로
그 기분으로 그 첫울음으로
가렵니다, 떠나렵니다.
말리겠소? 말리겠소?

청청히 솟아 있는 대밭이건
묵묵히 앉아 있는 바윗길이건
철철이 흐르고 있는 강물길이건

어쩔 수 없지 않소
헛말만 떠도는 이곳보다야
훨씬 살아갈 맛이 나지 않겠소?
걸어서 걸어서
잠 이룰 때까지 뜬눈으로.

날 부르거든

누가 날 부르거든 없다고 말해다오.
地上에 머문 적이 없다고 말해다오.
그러니까 누가 날 부르거든
소리여, 소리답게 단호히
없다고 말해다오.

누가 날 부르거든 잠시만 기다리라고 말해다오.
地上으로 오긴 온다고 말해다오.
그러니까 누가 날 부르거든
소리여, 소리답게 단호히
아직 없다고 말해다오.

누가 날 부르거든 있다고 말해다오.
地上으로 오긴 왔다고 말해다오.
그러니까 누가 날 부르거든
소리여, 소리답게 단호히
있다고 말해다오.

누가 날 부르거든 눈짓만 해다오.
地上의 모든 것 위에
뒹구는 아슬아슬한 이슬을 눈짓으로 가리켜다오.
몸부림치면서 이리저리 뒹구는 저 이슬을.

무지개

따로따로는 슬픔을 나타내지 말고
어우러져 찬연히 공중에 떠서
함께 더 큰 슬픔을 보여주자던……

이제는 먹구름 속에 갇혀
숨죽이며 가슴 조이며
중얼중얼 어느 나라 말을 말하고 있는가.

아이들이 눈들을 비비며
햇빛도 자유로이 떠돌지 못하는
하늘을 종일토록 바라보아도
모습을 보여주지 않고,

잔뜩 쏟내기만 퍼부으려는가.
하늘과 함께 무너져내리려는가.

끝내 기쁨은 우리들의 것이 아닌
다만 짐승들의 차지인가
그런가?
그런가!

빗속을 거닐며

햇살보다 더 찬란한 빛이다.
햇살을 헤치며 거닐다가
소나기를 만나 빗속을 거닐어도
우산을 받치지 말자.

온몸이 젖는다 해도
오늘 하루가 다 젖는 것은 아니다.
침묵들을 들쑤시는 전령이니까
깨우침이니까 소나기는

온 세상을 두루 돌고 온 열사들의 마음인지
화살로 몸을 파고드는구나.
노여움으로 사랑으로
종철이의 한열이의 영혼이 내리쏟는구나.
우리들의 곁을 떠난
열정의 시인 채광석의 마음이 내리쏟는구나.

빗속을 거닐면서 휘청이지 말자
지쳐 드러누운 아스팔트를 뚫고
시멘트길을 뚫고
무엇이 그리 그리운지

흙덩이가 용솟음친다.
싹들도 다투어 솟아난다.
땅속 깊이 묻혔던 소문들도
빗줄기로 물구나무선다.

비에 젖어 화살에 부활하여
한마음으로 파도치는 우리들이여
우산을 받치지 말자.

산속에서

바라보았다.
돌멩이들을 바라보니 무슨 할말이라도 있는지,
그들은 일제히 일어나 눈앞에서
끼리끼리 탁탁 부딪치며 시위를 벌인다.
나무들을 바라보니 그들은
일제히 걸어나와 눈앞에서
겹겹이 떼를 지어 열매들을 펑펑 쏘아대며
돌멩이들을 진압한다.

들으려 했다.
땅속에 묻혔던 소리들이 꿈틀 일어나서
귓가에서 아우성 아우성이다.
들으려 했다.
돌멩이들이나 나무들 사이에서
서성이던 소리들이 달려와서
귓가에서 엉엉 울음을 터뜨린다.

산속에서도 편할 날이 없다.
눈감고 귀 막으며 위험한 산길을
가까스로 내려왔다.

풀잎처럼

어디고 없이 마냥 퍼져가는
저것들이 마침내 분노를 터뜨릴 때
꺼이꺼이 울부짖을 때
산들도 팔을 벌려 안아주는 사랑.

슬픔이 그렇게 발을 맞춰
이 땅의 구석구석을 맴돌 때
풀잎들은 모두 어울려 초원을 만들고
모든 것을 용서하기 위해
몸들을 뒤튼다.

바람이 불어도 흔들리지 않고
이글이글 태양이 타올라도
끝내 눈을 감고서 홀로 밝히는
슬픔이여

이제는 떠나다오.
홀로 지새고 싶은 이 밤을
떠나다오 이제는.
황량한 이 가슴팍을 떠나다오.

풀잎처럼 서서
밤낮을 앉지도 않고
죽을 때까지 함성으로 서서
이 땅을 지켜서서
나 이렇게 꼿꼿이 서서
한점 아스라한 구름을 머리에 이고
못다 부른 노래 부르리라.

어디고 없이 마냥 퍼져가는
저것들이 다시 모여 초원을 만들고
숲을 만들어 산속에 포근히
안길 때까지
노래 부르리라.

가을엔

나름대로의 길
가을엔 나름대로 돌아가게 하라.
곱게 물든 단풍잎 사이로
가을바람 물들며 지나가듯
지상의 모든 것들 돌아가게 하라.

지난 여름엔 유난히도 슬펐어라.
폭우와 태풍이 우리들에게 시련을 안겼어도
저 높푸른 하늘을 우러러보라.
누가 저처럼 영롱한 구슬을 뿌렸는가.
누가 마음들을 모조리 쏟아 펼쳤는가.

가을엔 헤어지지 말고 포옹하라.
열매들이 낙엽들이 나뭇가지를 떠남은
이별이 아니라 대지와의 만남이어라.
겨울과의 만남이어라.
봄을 잉태하기 위한 만남이어라.

나름대로의 길
가을엔 나름대로 떠나게 하라.
단풍물 온몸에 들이며

목소리까지도 마음까지도 물들이며
떠나게 하라.
다시 돌아오게, 돌아와 만나는 기쁨을 위해
우리 모두 돌아가고 떠나가고
다시 돌아오고 만나는 날까지
책장을 넘기거나, 그리운 이들에게
편지를 띄우거나
아예 눈을 감고 침묵을 하라.
자연이여, 인간이여, 우리 모두여.

꽃 속에서

누가 누구를 미워하리
어느 것 하나라도 버릴 수 없고
어느 모습 하나도 놓칠 수 없는
절정에서 취해 취해
몸살을 앓는 나는
사랑할 수밖에 없는 노릇이어서

쓰러지고 일어나며
두근거리는 가슴 고이 간직
나 여기까지 와서 비틀거리는구나

온통 시샘하는 이것들 속에서
향기는 향기끼리 붙어
온 세상은 춤으로 출렁이고
온갖 자태를 뽐내며
꽃잎들은 다투어
온 세상을 밝히는구나

나 여기 기대어
순간이 순간을 낳고
틈새는 틈새를 만들어내는

위대한 순간에 기대어
영원 속에 내 말들을 흩뿌리리라

푸른 하늘로 얼굴 가려
춤이나 한껏 추고 나면
이 몸 향내 나는
폭죽으로 터질까

꽃 속에 터진 말
하늘까지 사무칠까

겨울꽃

어느 시인은 '겨울에도 피는 꽃나무'를 노래했었습니다.
나도 겨울꽃을 노래하렵니다.

눈보라 속에 자식처럼 매달고 있는
겨울 나무 끝의 雪花를 보신 적이 있겠죠?
슬픔의 덩어리치고는 너무나 희디흽니다.
정열의 덩어리치고는 너무나 싸늘합니다.
봄을 잉태한 산모치고는 너무나 배가 고요합니다.

한아름씩 꺾어서 서울 시민에게
훈장처럼 달아주고 싶습니다만
가까이 가면 미리 알고
산산이 흩어져서 꽃잎도 없이
어디론가 숨어버립니다.

인간의 가슴에 매달리기 싫다고 합니다.
저렇게 저렇게들 끼리끼리
하이얗게 겨우내 피어 있다가
새봄이 되면 느닷없는 함성으로
온 천지로 흩날리겠답니다.

겨울꽃이 내 영혼이라면
나는 여러분 앞에서
아낌없이 부서질 것입니다.

谷城으로 띄우는 편지

사람들, 곡성 사람들
고집이 바윗덩어리보다 더 센 사람들.
오늘도 높푸른 하늘 믿고
파도 파도 자갈뿐인 땅을 파면서도
압록강*보다 푸른 마음 넘실대며
사람들, 형제간인 곡성 사람들
곡성땅을 잘 지키고 계시는지.

죽곡면 원달리 동리산 태안사에서 태어나
광주를 거쳐 풀씨처럼 떠돌다
서울의 한 귀퉁이에서
옥천 조가 조태일은 이 글월 올립니다.
일제하 5년을 겪고 여순사건을 겪으면서도
태안사에서 동계국민학교까지 걸어다니던 시절이
오늘까지 한시도 잊혀지지 않습니다.
그 많던 산짐승들도 다 무사한지 궁금하고요.

살아남기 위해서 새벽 압록강을 건너
광주로 피난하던 시절
뒤를 돌아보며 곡성의 산천을 모두
눈 속에 가슴속에 담았었죠.

사람들, 곡성 사람들
마음 굳기로 대나무인들 따르겠소?
마음 너그럽기로 아침 햇살인들 따르겠소?

40년을 풀씨처럼 떠돌다
오늘 문득 곡성을 떠올리니
눈물보다 앞서 가슴 먼저 터져오네요
이 풍파 속에서 눈을 뜨면 먼저 곡성을 생각하고
잠자리에 들 때도
포근하고 아늑한 곡성땅에서 잠을 이룹니다.
시를 쓸 때도, 서울 거리를 누빌 때도
竹谷의 대나무처럼 꼿꼿이 생각하고
꼿꼿이 걸어다닌답니다.

곡성이여, 청청하라, 기름져라
영원하라, 고집 세우라.

* 압록강은 보성강이라고도 하는데 내가 태어난 태안사 가는 도중에 있다.
  그런데 그 강 이름이 북쪽의 압록강과 같다.

풀씨에서 백두산까지

드러누워도 엎드려도 보인다
눈감아도 보인다
밤낮없이 보인다.

풀씨에서 백두산까지
백두산에서 풀씨까지
그 거리도 그 크기도
우리들 눈으로 들어와서는
한몸으로 껴안는다.

작은 마음 큰 마음
한마음으로 어우러져
풀씨의 마음 백두산의 마음
작은 가락 큰 가락
한가락으로 춤판 벌여
풀씨의 가락 백두산의 가락!

이 땅 눈곱만해서
이 백성 갈라져서
큰 정신 큰 문학 없다 푸념하며
누가 돌아서는가

주저앉는가
입 다무는가
저놈의 꼬락서니!

실개천은 강에서 모인다
강은 바다에서 모인다
함께 밀리면서 끝내 밀며 나아간다
수평선을 무너뜨리며
나아간다.

티끌은 낮은 데서 모인다
낮은 데서 높아간다
함께 높아가면서 끝내 태산이 된다
하늘을 찌르며
높아간다.

실개천이여
티끌이여
풀씨여
산이여
하늘이여

우리 한 품안에
하나 되어
한 마음 열 마음 되어
열 마음 한 마음 되어

어디고 없이
언제나 없이
풀씨들의 마음에 가득 차는 백두산
백두산의 가슴에 어리는 풀씨들.

드러누워도 눈감아도 밤낮없이 보인다.

고개에서 배우다
學峴 邊衡尹 선생님 화갑에

때로는 쉬어가리
산을 오르면서 쉬어가듯
때로는 오순도순 모여
세상만사 끌어내어
민주적으로 자주적으로 개성적으로
땀을 식히며 쉬어가리.

흐르는 구름도 잠시 머물다 가는 곳.
푸른 하늘은 이 고개 위에서 더욱 푸르르고
바람도 이 고개 위에서는 부드러운 솜털로 바뀌는
항상 새로운 곳, 새롭게 태어나는 곳
날짐승들도 이 고개 위를 그냥 지나치지 않는다.

때로는 악을 쓰리라.
가쁜 숨 몰아쉬며
신천지를 바라보며 야호! 야호! 야아잇! 야아잇!
목청을 돋우리라
목이 마르면 천씨씨 몇잔으로 목을 축이고
잠든 산하를 깨워 일으키리라.

때로는 침묵으로 앉아 있으리라.

그러나 바위로는 있지 않으리라.
살아 숨쉬는 침묵으로 잠시 앉아 있으리라.
야호! 야호! 야아잇! 야아잇 소리
이 땅 구석구석을 메아리쳐 되돌아올 때
우리는 다시 일어나 터벅터벅 이 고개를 오르리라.

항상 끝없는 고개
높이가 보이지 않는 고개
다수운 고개, 영원한 고개
이 고개 위에서 세상만사 바르게 배우리라.
인간 살아가는 일 바르게 곧게 배우리라.

꼭 설명해야 알겠나?
國土 48

채광석의 1주기 추모 모임을 곁들여
그의 유작전집 출판기념회가 열리던 날
1988년 7월 16일,
피곤한 새벽을 가르며
한겨레신문이
비에 흠뻑 젖어 날아왔다.

이제 기지개를 켜면서
춤판을 벌이려는 활자들을 헤저으면서
물을 떠난 못생긴 웬놈의 낙지 한 마리가
우리 한겨레 위에다가 검은 칠판을 걸어놓고
기를 꺾어 죽이듯
각인하듯 큼직한 숫자로
셈본을 해보이고 있었다.

$5+6=11$
$11 \div 2 = 5.5$

칠판 왼쪽엔 흰 빛깔의 지우개가 얌전히 놓여 있지만
빠른 세월엔 움직일 것 같지 않고
무슨 영문인지 한 다리는 잘려진 채

심기가 불편한 듯 민둥머리로
잔뜩 답답하다며 내민 입술로
"꼭 설명해야 알겠나?"며

사람인 우리들에게 셈본을 해 보이지만
우리들은 필기도 잊은 채
키들키들 웃고만 있었다.

서울을 거닐며

國土 49

온갖 성명들이 난무하는
서울을 걷는다.
닳고 닳아 단단한 발바닥을
내 땅에 포개며 흐느적흐느적 걷는다.
아니 겁 많고
순한 사슴의 걸음으로 걷는다.

그 소문이 그 소문인 숲을 헤치며
이 거짓의 거리를
이 분단의 거리를 뚜벅뚜벅 걷는다.

어디로 갔는가
어디에 있는가

불붙는 갈증에 불볕을 퍼부으며
빽빽한 빌딩숲 아래
축 늘어진 아스팔트길을 걷는다.
허름한 뒷골목을 걷는다.

내리막길을 내리며
오르막길을 오르며

누구를 탓하리

저기 있는 통일인데
저기 있는 통일인데.

저승분들께

國土 50

오늘 이곳 저희들은
오늘도 이냥저냥 지내면서
부끄럼 하나만은 하늘만큼 키웠기에
두서너 잎사귀로 어찌 가리리요.

그리움은 타올라도
하늘 끝까지는 닿지 못하고
캄캄한 절벽만 더욱 깊어가고요.

오늘도 저희들은
쓸데없는 말만 지껄이고
글을 쓰면서
이승과 저승의 거리만 넓힙니다요.

들판을 지나며
國土 51

들판을 나서보면 안다.
우리네 산천이 그러하듯
우리네 형제 몸뚱어리
구불구불 정겹게 구부러졌구나
여유 있구나.

맨발로 땅을 디뎌보면 안다.
우리네 땅심이 그러하듯
우리네 꺾여진 허리
뚜두둑 뚜두둑 뚝심으로 세우는구나.

어찌 한판 춤이 없으랴
얼싸절싸 구부러진 산천이 요동친다.
뼈마디 모두 세워 춤을 추자.
지평선이 없는 우리네 땅에서
주저할 것 없이 춤을 추자.

강가에서
國土 52

귀를 세워 기울여도
말문을 열지 않는다.
동으로 서로
남으로 북으로
서로 엉켜 흐르면서
끝내 소리내지 않는다.

오직 흐르고 흐르면서
갈대꽃이나 억새풀을 거느리며
두려움 없이 낮은 데로 낮은 데로
몸을 낮춘다.

모든 노랫소리 울음소리 웃음소리
제 자식인 양 껴안고
온 국토를 적시며
동서로 남북으로 가로지르며
해가 뜨나 달이 뜨나
눈 붙이지 않고 뜬눈으로!

우리네 몸속의 굽이굽이마다 흐른다.
핏줄이여

땅굴이면 어떻고 산맥이면 어떻고
산속이면 어떻고 뱃속이면 어떠랴.

우리들의 노래
國土 53

두들기세 열어보세
문 그리 굳게 닫혔어도 형제들이여
이 마음 그 마음 저 마음
우리의 마음 우리가 열어
열리는 곳 바로 거기에
행복한 모습 있을지니
그것이 우리의 꿈 아니더냐
그럴시고 그럴시고.

나아가세 이르세
고개 그리 험코 높다 해도 형제들이여
이 고개 그 고개 저 고개
우리의 고개 우리가 넘어
이르는 곳 바로 거기에
건강한 삶 있을지니
그곳이 우리의 터전 아니더냐
그럴시고 그럴시고.

두들기며 나아가세 나아가며 이룩하세
이 마음 이 고개 열고 넘어
우리의 길 우리가 걸어

불타는 가슴 가슴 멀리 비추면
이 꽃 저 꽃도 함께 한껏 피어서
열매를 맺을지니 형제들이여
이것이 우리의 할일 아니더냐
그럴시고 그럴시고.

어머니의 처녀 적
國土 54

어머니는 처녀 적부터
일본사람이 경영하는
생사공장의 여공이었다

누에가 걸쳤던 새하얀 비단실 뽑아올리면
펄펄 끓는 물 위에
기름 번지르르한 노오란 번데기가
다투어 둥둥 떠올랐다

해는 왜 그리 길고
배는 왜 그리 고픈가
현장감독의 눈을 피해 졸고
졸면서 번데기로 배를 채웠다

힘없어 애 못 낳는 여자
한 말만 먹으면 애를 낳고 만다는
그 번데기 때문인지
열일곱에 서른다섯 노총각 스님에게
업혀와서 칠남매를 낳으신 후에도
어머님은 생사공장의 여공이었다
6·25가 끝난 한참 후에까지.

누이동생

國土 55

한 누이는 사십이 넘었고
내일 모레 사십이 될 막내둥이를
오빠가 업어서 키웠다.

뜨물을 끓여 당원을 타서 먹이고
성당에서 주는 강냉이죽을 얻어다 먹였다
칭얼대는 누이를 등에 업고
십리길도 넘는 생사공장까지 가서
어머니의 젖을 먹여
광주천을 따라 집으로 돌아오는 길

등에 엎힌 누이동생은 오줌싸개!
꼬집으며 울리며 혹은 내팽개쳐놓고
한참 가다가 그래도 누이인걸
버리면 쓰겠느냐 되돌아와
오냐오냐 얼러서 다시 업고
아무 일 없었던 양 터벅터벅 걷는 길

어머니가 쥐여준 그 노오란 번데기를
등뒤의 누이동생에게도 씹어 물리며
나도 씹었다

울어싸며 칭얼대며
오줌을 잘도 싸던 두 누이동생은
이제는 삼남매의 튼튼한 에미들이 되었다.

다리 밑의 왕자

國土 56

간밤에 큰비가 오면
어머니는 잠을 못 이뤘다
간밤에 큰눈이 오면
어머니는 몸을 뒤척였다

우리 칠남매의 꽁보리밥을
한 숟갈씩 공평하게 퍼서 아침이면
광천동 다리 밑의 그 거지를 찾았다

수족을 잘 쓰지 못한 채
빼꼼한 눈만을 껌벅이는 그 왕자를
누가 버렸나 우리의 땅에서

생사공장에서 귀가할 때마다
누이동생 업고 마중가다가
나는 보았다

어렵사리 들고 나온 번데기 한움큼
그 왕자에게 주는 것을
걱정 많아 보이는 어머니의 전체를.

산일
國土 57

우리 어머니는
틈만 나면 사시사철
곡성의 선영을 찾는다

이승의 사람들 잠깐 멀리하고
저승의 사람들과 만나는 일 즐거운 일
콩도 심고 깨도 심고 고추도 심고
삼베수건으로 땀 닦으며
남편의 무덤 시부모의 무덤
증조부의 무덤
당신이 잠들 빈 무덤도 찬찬히 손보신다

늦가을이 되면
참기름 들깨기름 짜고
메주 쑤고 고춧가루 빻아서
팔도에 뿌리내린 칠남매와
거기 주렁주렁 달린 손주 앞에 내려놓는다

(……죄짓지 말고 건강하게 살아라.
태일이 너 술 좀 덜 마시고 저녁엔
일찍일찍 들어오너라 잉, 알겄재?)

깻잎쌈을 싸며
國土 58

팔순이 눈앞인데
어머님은
부지런하시다

삼라만상이
쉴새없이 움직이듯,
세상도 넓고 세월도 많다시며
광주에서 대구로 또 어디를 다니시다가
꼬부랑허리로 궂은 하늘
가까스로 달래며 받치며 오셨다

손자, 며느리, 손녀, 차남
밥상머리에 제 편한 대로 섞어 앉히고
깻잎무침, 깻잎부침이, 깻잎쌈 먹으라며
느릿느릿 말씀하신다

……노는 땅 있어서는 안되느니라. 임자가 있건 없건, 누가 거
두어 가건 말건 빈땅엔 씨뿌려 사람들 먹게 해야 하느니라. 이 깻
잎들은 얼마 전 상경했을 때 양재동 지나다 묵힌 땅이 눈에 들어
씨 뿌려놓았는데 어제 가보니 잡초 속에서도 이처럼 자랐더라. 알
겠제?

어느덧 쌉싸롬 상긋한 향기가
오월의 시민군보다도 더 너그럽게 내 숙취를 털어낸다
오월의 계엄군보다도 더 무자비했던 내 생활을 내 생각들을.

나무들에게
國土 59

앉을 줄을 모르는가
누울 줄을 모르는가
잠을 잘 줄을 모르는가
노래 부를 줄을 모르는가
태어나서 죽을 때까지!
서 있기만 하는가

무슨 꿈을 이루려
푸르름으로만 있는가
서 있는 침묵이며 침묵들이여

말하고자 할 때도 노래하고자 할 때도
새들을 불러 무슨 뜻인지도 모르게
지저귀게 하고 울부짖게 하고
움직이려 할 때도 몸부림치려 할 때도
바람들을 불러 무슨 동작인지도 모르게
몸만 맡기고 한 발짝도 내딛지 못하는

아아 울고자 할 때도
하늘을 불러 흐느끼게 하는가
밤새 뒤척이다가

아침엔 겨우 이슬방울을 보이는가

나무들이여
이젠 어서어서
앉아라 누워라 잠자라
일어나라 노래하라 말하라
걸어가라
걸어가라
침묵이여.

광주의 하늘
國土 60

서울서도 보인다.
서서도 앉아서도 누워서도
날이 흐릴 때도
개일 때도
서울의 하늘과 포개져
광주의 하늘은 보인다.

무등산도
망월동도
팔순이 가까운 어머님이 계시는
광천동도
착한 친구들의 모습도
변함없는 그들의 마음도 보인다

정치가 막힐 때
시가 안 써질 때
술을 마시고 싶을 때
어김없이 서울까지 흘러와
나의 전신을 휘감는다.
광주의 하늘은.

들판을 거닐며
國土 61

언제나 다투지 않는
이 벌판을 거닐면 나는
금방 침묵의 덩어리가 된다.

두고 온 집들도
지껄이며 지내던 내 이웃들도
어느덧 나를 따라와
침묵으로 걷는다.

보아라
타는 노을 이글대는 하늘 밑에서
오곡백과는 머리를 숙여 말이 없다.
거친 풀잎들도 몸만 흔들 뿐
뿌리 깊이 내려 말이 없다.

내가 밟는 이 들판은
비가 와도 눈이 와도
바람이 불어도 언제나 누워서
우리들을 걷게 할 뿐
탓하지 않는다.

총칼을 거두자
침묵 앞에 입을 다물자
우리 들판을 거닐며.

편지
國土 62

나뭇잎이 흔들린다.
하늘 받쳐 푸르기가 힘겨운가보다.
오늘도 흐르는 세월을
그 누가 붙들 수 있는가
흔들리면서 영원의 끝까지 흔들리면서
그 누가 붙들 수 있는가

나뭇잎이 떨어진다
허공 속에서 몸부림치다가
사람의 눈에 띄지 않게
저 혼자서 떨어진다.

나뭇잎에 편지를 쓴다.
흙을 묻혀 돌멩이로 투박하게 쓴다.
두근거리는 가슴으로 쓴다.
오갈 데 없는 사연은 뜨겁구나.
받을 사람이 없는 글은
하늘처럼 철철 나뭇잎에 넘쳐나고
눈이 시려 눈감고 쓴다.

오늘도 서울 거리의 가로수들은

안녕하지 않고
끝없이 흔들리면서
사방팔방으로 편지를 써 띄운다.

하늘을 보며 땅을 보며
國土 63

나는 생각한다
대낮에 살아 움직이는 모든 것들과
그들을 살게 한, 죽어서
그 자리에 박혀 있는 모든 것들을.

나는 생각한다
밤중에 살아 있는 별들과 달과
그들을 살게 한, 죽어서
캄캄히 걸려 있는 하늘을
지상에 잠자는 모든 것들을.

나는 생각한다
대낮에 살게
죽어 캄캄한 밤하늘을
별빛과 달빛이 살게
저리 순하게 잠자는
지상의 모든 것들을.

나는 생각한다
내가 지금 저들처럼 살아보지도
죽어보지도 못했지만

마음만은 저들처럼이고자⋯⋯
하늘을 보며 땅을 보며.

오두막집
國土 64

다투며 치장하는 단풍잎들 위로
높다라니 하늘하늘 하늘이 걸려 있고
가을 가슴 깊숙이 파고들며
온갖 잡새들 노래한다.
온갖 풀벌레들 노래한다.
서로 견주며 여름을 노래한다.

쉴새없이 물은 흐르고
세월도 따라 흐른다.
고일 데 없어 마음도 넘쳐 흐를 때

생명을 지닌 모든 것들
생명을 버린 모든 것들

그 찬란한 외로움 끝에다가
포근한 겨울잠을 찾아
까슬한 오두막집을 짓는다.

노래하는 모든 것들 곁에다
잠자리를 찾는 모든 것들 곁에다
나도 노래하는 오두막집을 짓는다.
당신들도 당신들의 오두막집을 짓는다.

연희동
國土 65

낙엽이 내린다.
적막강산 위에 한처럼 내려 쌓인다.
매섭게 매섭게 내린다.

낙엽이 내린다.
넘어가지 않는 책장 위에
잠자는 할머니의 팍팍한 가슴 위에
오천년 만의 성난 파도처럼
죽은 소리 다시 살리며
악악 악을 쓰며

낙엽이 내린다.
공수부대의 베레모가 내린다.
대한민국의 연희동 위에
연희동의 골목 위에
연희궁의 지붕 위에 뜰 위에
캄캄한 둘만의 침실 위에

낙엽이 내린다.
오월의, 카알기의, 의령의, 제주도의,
아웅산의 떼주검들이 열사들이

눈 부릅뜨고 의문처럼
? ? ? ? ? ? ? ? ? ? ? ? ?처럼
낙하하는 낙하산처럼
당당히 내린다.

낙엽 속에 묻히다
國土 66

웬일인지 오늘은

하늘을 날 것 같은 기분이 들어서
몸에 나쁘다는 담배를 연신 빨아대며
낙엽이 많이 떨어지는 곳을 찾았다.

줄곧 나를 실망시키던 정치를 버리고
서성거리는 이웃들의 곁을 떠나
그러니까 생활을 버리고
이별을 찾아 여기까지 왔다.

나무들은 조용조용
울긋불긋 치장시켜 잎새들을 풀어놓는다.
철이 덜 든 자식들을 떠나보내듯
그러나 떨고 있을 뿐
흐느끼지 않는다.

대변인들의 말을 신용하지 않는 듯
하늘 아래 낙엽들은 허공에
잠시 머물렀다가 떨어질 때,
나의 몸은 오그라들고 괜히 부끄러워

마른 손바닥으로 얼굴을 감싸고
낙엽과 함께 얼굴을 묻었다.

가을 깊숙이 파고들수록
하늘을 날기는커녕
땅속 깊이 내 마음을 묻을 수밖에.

낙엽과 내가 한몸으로 포옹할 때
생활과 내가 그렇게 이별할 때
가을은 인간을 정치를
한 잎의 낙엽으로 만들었다.

어둠 속을 거닐며

國土 67

칠흑의 어둠이다.
깃발을 높이 들고
별 하나 깜박여주지 않는 밤하늘 이고
시인은 터벅터벅 밤길을 간다.

생포하자
생포하자
종일 귀청을 때리던
아우성 아우성을 따라간다.

자식들 주렁주렁 달고
캄캄 산마루를 넘던 어머니를 떠올리며
두렵지 않은 가슴은 간다.
내가 썼던 시들을 모조리 앞세우며,
어둠을 더욱 무섭게 하던
짐승을 잡으러
시인은 간다.

산꼭대기에 올라
國土 68

산꼭대기에 올라본 사람은 안다
설레임으로 바라보는 그곳이
캄캄 절벽이어서 별들이 뜨고
망망한 바다여서 일엽편주가 뜨고
평원이어서 눈 닿을 데가 없는
그것이 바로 죽음이라는 것을

산을 오르는 동안의 악전고투도
까맣게 잊어버리고
다만 그곳을 찾아
삼백예순다섯 날⋯⋯
십년이고 거듭 몇십년이고 평생을
오르고 보면 어느덧 거기가
저승! 저승인 것을

마음을 밑바닥까지 비우고
육신을 탈탈 비워본 사람은 안다.
누가 누구를 감히 지배하고
누가 누구를 감히 사랑하는가를

한 몸으로 걷다가

한 몸이 누울 자리를 찾아
한 몸이 누울 때, 그 누구들은
다 한몸인 우리들인 것을.

그래서 우리들은 안다.
이승에서
독재자는 독재자의 모습으로 죽고
폭력자는 폭력자의 모습으로 죽고
평화주의자는 평화주의자의 모습으로 죽고
부자는 부자의 모습으로
빈자는 빈자의 모습으로
시인은 시인의 모습으로
이승에 정지된 육체를 두고
모두 함께 이승을 떠나는 시간

두려움과 함께 고통과 함께
기쁨과 함께 웃음과 함께
마주치는 저승의 초입은
서울의 러시아워와 같다는 것을

그런데 그런데

"넋이여, 그 나라의 무덤은 평안한가?"*

* 김현승 님의 시구절임.

雲住寺
國土 69

雲住寺는 運舟寺라고도 쓰지만
말로는 그냥 운주사.

그곳을 찾아갔다
눈보라를 뚫고
전남 화순군 도암면 천불협곡을
대설주의보가 기특하게 맞던 날.

못생긴 우리들을 맞았다
역시 못생긴 천불 천탑이
서서 앉아서 누워서
땅 위에서 땅속에서

떨어져나간 콧자국으로
외짝 팔로 외짝 다리로
일그러진 눈으로 입으로.

팔다 남은 작품들일 거라는, 혹은
견습 석공들의 실습품일 거라는
농담도 미륵세계의 꿈도
한데 어우러져

오로지 정만을 쏟아내고 있었다.
운주사! 운주사!

새벽녘
國土 70

새벽 한시
가부좌를 하고 앉아
냉수 한 사발을 꿀꺽꿀꺽 들이켠다
어젯밤의 흉몽을 말끔히 씻어내며
은하수 한 개비를 피운다.

자욱한 안개가 눈을 부비며
창을 핥으며 기어다닐 때
광주의 어머니가 서울을 향해
새벽 기침을 하시고,
6·25 직후에 세상을 뜨신 아버지가
목탁소리를 지붕 위에 흩뿌린다.

개 짖는 소리도 얼어붙은 골목길을 거쳐
저녁내 쌓인 눈을 밟으며
나는 어디로 가는가.
곤히 잠든 자식들과 아내를 두고
신새벽 나는 무엇을 만나러 가는가.

내가 썼던 수백편의 시를 찾아
내가 써야 할 수천편의 시를 찾아가는
새벽녘 발걸음이 무겁다.

소문에 따르면
國土 71

이 겨울에
나누어줄 것 다 나누어주고
맨몸으로 이 밤을 떨며 지새운다고
세상의 나무들은 그렇게 떨고 있다고
소문에 따르면 그렇다고
별빛 별빛들이 뜬눈으로 쏟아진다.

이 더디게 더디게 가는 밤,
떨고 있는 것이 나무들뿐이랴.
세상의 사람들 다 떨고
백담사도 덩어리째로 떤다더라.
가진 것도 없고 나누어줄 것도 없다고
떤다더라. 산들이
옹기종기 전경처럼 꽉 붙어 막고 있어도
세찬 바람은
내외의 이불 속을 들썩인다더라.

소문에 따르면 그렇다고
달빛이 무더기로 쏟아진다.
하지만, 이 떨림이 먼 데만 있다더냐.
며칠째 편지를 쓰면서

내 주위의 시인도 떨고 있다더라.
하지만, 한 줄도 쓰지 못하고
머리만 쥐어짜며
새벽까지 새벽까지 북녘을 향해.

하늘은 만원이다
國土 72

늘 하늘 우러러보아라
밤낮없이 만원인 저 지옥을 보아라
지상이 그리워
달도 별들도 뜬눈으로 지새는도다
지상 궁금하여
태양도 온종일 몸 태우며 떠 있구나.

늘 이 땅을 굽어보아라
밤낮없이 비어 있는 이 천당을 보아라.
채우는 일 재미있어
들풀도 짐승들도 서로 섞여 춤추는도다.

채우는 일 재미있어
하늘도 우리들 눈 속에 가득하고
부정도 가득하고 새마을도 가득하고
문인들도 원고지 채우듯
세상의 일 글로써 채우는도다.

하늘은 만원이고
땅은 비어서 이 세상
냉수 한 사발로도 충만하구나.

김수영
國土 73

세월이 제아무리 흘러도
그 이름 늘 우리 곁에 있다.
정치가 멈춰도 그 이름 김수영.

생전에 그랬듯이, 큰 눈 쉴새없이
명동 무교동 도봉 기슭 한라나 백두에서 두리번.
생전에 그랬듯이 입 열어 모기소리로
내리쏟는 폭포소리 만든다.
깨알을 대포알보다 더 큰 형상으로
지구보다 더 우람한 덩치로 만든다.
거침없이 보고 지체없이 움직인다.
그래, 우리 이웃 우리 땅에서
마침내 큰 사랑 되어 가득하구나.
눕는 풀 일어서는 풀 칼날 되어
우리를 일깨우고 소나기 되고 햇빛 되어 눈보라 되는구나.

오늘도 우리와 함께 노래 부르는 스승,
아니 선배 친구 되어 세월과 함께 흐르는 김수영,
생전에 그랬듯이 큰 눈 두리번거리며
입을 열어 노래하는구나.
이 척박한 땅에서 김수영 그 사람.

다시 사월에
國土 74

참 희한한 일이다.
이 강산에 태어난 지 삼십년이나 되었는데
그대 보이지 않고
그대 말하지 않고
그대 정처도 없이
지금껏 어디서 떠돌고 있는가

강산이 변해도
세 번쯤은 능히 변했을 세월만
안타깝게 흘러가버렸는가.
그 세월 동안
퇴보와 변절과 절망만 커져왔는가.
아니 새로운 시대는 없고
묵은 시대만 첩첩산중처럼 쌓이는가.

그대 사월,
눈보라만큼 물보라만큼 비보라만큼
드세고 넉넉함이 한량없던 사랑,
꽃보라 피보라 함성보라 총칼보라 속에서
그대 태어나 이 강산에 스며들었나니

그대 이제 나타나서
그대 모습 하늘만큼 큰 모습으로
나타나 말하라

이 적막강산이 다시 꿈틀거리는 때
이 삭막한 가슴이 다시 들끓는 때
희한하게 나타나 말하라.
그대 사월

흰 눈들이 하는 말
國土 75

흰 눈들이 중얼중얼대며 내린다.
쉴새없이 내리고
내리고 또 내린다.

황톳빛 덮으며
아니 온 세상의 빛깔을 덮으며 내린다.
겁도 없이 내린다.

아직껏 원혼들은 구천을 떠돈다며
이런 소식 지상에 퍼뜨리겠다며
망월동에 하염없이 내린다.
무등산 품안에도 내린다.

온몸을 몸째로 펄럭이며
산 위에 들판 위에
그러니까 이 땅의 어디에도 내린다.
한라산에도 백두산에도
휴전선에도 내린다.

모든 경계선을 가차없이 지우며
마음과 마음 사이의 경계선까지도 지우며

내리고 또 내린다.

죽은 자들과 산 자들
누워 있는 자들과 걸어다니는 자들
구별없이
내릴 곳을 가리지 않고
바삐바삐 내린다.

장독 위에도 마구간 위에도
내리고 또 내리고
그저 한량없이 내린다.

흰 눈들이 구시렁구시렁대며 내린다.
지상의 모든 것들
눈뜨라 눈뜨라고 귀 열어라 귀 열어라고
입 다물며 차가운 몸으로
내리고 또 내린다.

光州에 와서
國土 76

한 삼십년을 서울서 떠돌다가
뿌리를 거의 내리다가
일국의 시인이 교수가 되어서 광주에 왔다.
시를 쓰는 더운 가슴으로
시를 외쳐대는 꼿꼿한 몸으로
광주에 와서 먼저
무등산에 큰절을 올렸다.
망월동에 홀로 찾아가서 큰절을 올렸다.
금남로도 충장로도 유동도 계림동도
그 이름도 반짝이는 광천동에도
큰절을 한없이 한없이 올렸다.
당분간 술을 줄이며
큰절로써 나의 떠돌이를 청산하리다.
어린애 마음으로 꽃들을 사랑하고
청년의 마음으로 광주의 흙내음을 맡고
중년의 마음으로 국토를 껴안고
쉬지 않는 노래로 모든 것을 사랑하리라.
광주에 와서.

산 위에서
國土 77

이웃들이 아직 몸을 세우지 않았을 때
나는 몸을 일으켜
어둠이 엷게 깔린 새벽을 밟으며
산 위에 올랐다.

봉곳이 솟아 앉아 있는
무덤, 무덤 곁을 지나
숲을 지나,
날짐승의 깃털을 지나
꼭대기로 꼭대기로 올랐다.

아직도 잠들어 있는
도시의 집들을 향해
야호! 야호! 깨어나라! 춤을 춰라!
소리쳐보지만

그냥 누워 있는 무덤들이다.
천길 깊이 떠도는 침묵들이다.

무등산

國土 78

고향을 떠나본 사람은 알리라.
고향을 떠나 떠도는 사람은 알리라.

세상살이 아무리 고달플지라도
도무지 앞이 안 보여 캄캄 내일일지라도
눈감으면 둥둥 떠오르는
저 우람하고 찬란한 사랑을.
천년 만년이고 온갖 시름 삭여
빛고을 오늘까지 지켜서
세상만사 열어주는 침묵을.

착한 사람 더욱 착하게 하고
용맹한 사람 더욱 용맹케 하고
부끄런 사람 더욱 부끄럽게 하는
어머니 같은 어머니 같은
저 무등을 바라보면
고향을 떠나본 사람은 알리라.

온갖 사연들을 끌어모아 품고
하늘을 떠도는 원혼들도 모아 품고
넉넉함으로 그 한량없는 깊음으로

밤이면 밤마다 서걱이는 풀잎과 함께
보라, 아침을 틔워 온누리에 뿌리고
보라, 정의를 세워 온누리에 밝히는
보라, 믿음을 닦아 온누리에 비추는
저 태연하고 육중한 모습을.

고향을 지키는 사람은 알리라.
고향을 다시 찾은 사람은 알리라.

없는 듯 있고
있는 듯 없는
너무 작아서 보이지 않는 마음들을
너무 커서 보이지 않는 마음들을
저리도 또렷하게 뭉쳐서
망월동 밤하늘에 걸쳐놓은 뜻을.
온 우주의 깊디깊은 하늘에 걸쳐놓은 뜻을.

무등산.
무등산.
그대는 어제도 오늘도 내일도
이 세상의 사랑이고
이 세상의 어머니임을.

유월이 오면
國土 79

그냥 눈감고 있을 일인가.
허기진 배를 달래며
서로의 눈동자 위에 눈동자를 포개며
멀리 가까이서 산천을 후벼파던
포성과 따발총소리를 듣던
유월이 오면.

그러면
그냥 눈뜨고 있을 일인가.
푸른 향기에 취해 눈부셔
우리들의 땅을 바라볼 수 없을진대
유월이 오면.

그래서
그냥 눈뜨거나 눈감거나
나는 사월을 거쳐 오월을 거쳐
유월이 오고 칠월이 오더라도
사월에 떠난 사람
오월에 떠난 사람들을 위해
뜬 눈도 감는 눈도 아닌 채로
푸르름으로 깨어 있겠다.

청산이 울거든
國土 80

청산이 울거든,
그렇게 엎드려 울거든
이제 돌아와 마음들 모조리 비우고
함께 우리 엎드려 울자

흩어졌던 사람들아
시간은 흘러 오늘을 지나
앞을 향해 뚜벅뚜벅 걸어가는구나

시간을 붙들 수 없어
땅은 땅대로 풀잎은 풀잎들 따로 울다가
이제 어우러져 함께 우는구나

그 모습 그 소리
우리들 빈 마음에
달덩이 되어 솟아오르는구나

청산이 운다
어서 돌아와 돌아와 울자구나.

구십년대식 말

나아갈 것들은 나아가고
그냥 앉아 있을 것들은 앉아 있으라고?

합칠 사람은 합치고
헤어질 사람은 헤어지자고?

살 사람은 살고
죽을 사람은 죽으라고?

얼어붙은 마을에선
말도 얼어붙어 인정머리가 없구나.
잘났어, 정말!

떠나라.

조국을 사랑한다고?
타협의 시대가 왔다고?

산천초목도 구역질하는
시대가 왔구랴.

예언 한마디.
"시대가 미쳤으니
미친 사람 곧 눈을 감으리"

그래도 봄은 오는가

오는 봄은 오는 길이
높으나 낮으나 탓하지 않고
다만 몸을 낮추며 온다.
그렇게 수선을 피우지 않고도
그렇게 무차별 합궁하지 않고도
이렇게 많은 생명을 일깨우며 온다.

오는 봄은 오는 길이
더디나 빠르나 서두르지 않고
다만 당당하게 온다.
그렇게 장애물을 후려치지 않고도
그렇게 짝짜꿍 변절치 않고도
이렇게 헐벗은 생명을 감싸며 온다.

기어코 온다.
보란 듯이 온다.
환장하게도 조용히 온다.
다만 돌아버려 이웃이 아닌 것들에게
어지럼병을 흩뿌리며 온다.

배신과 변신과 변절과 간통으로 얼룩진

민자년의 그 아리송한 속곳을
들춰내며 (아이고메, 냄새야!)
일천구백구십년의 봄은 온다!

겨우내 움츠렸던 팔십고개 어머님의
삭신을 자근자근 녹이며 온다.
겨우내 땅속에서 도란도란 떨던
어린 싹들을 어루만지며 온다.

아직 못 지켰던 약속 위에도
아직 덜 터뜨린 외침 위에도
아지랑이는 피어오르고,
횃불처럼 타오르고,

그렇다.
닫힌 채 텅 비어 있는 마음에까지
온갖 꽃들 피워 향기 퍼뜨리며
기어코 오는 봄 앞에서
우리들 부끄러워라.
우리들 화끈거려라.

새벽길

졸음을 털어가며
새벽길을 걷는다.
어젯밤의 사나운 꿈들을
손을 저어 물리치면서
마냥 걸어나간다.

안개 같은 거, 어둠 같은 거
전경처럼 쭈뼛쭈뼛 앞을 가로막지만
저기저기 길이 있을 것 같아
발걸음도 가볍게
어둠 위를 걷는다.

새벽길에
벌써 일어서 있는
풀잎들을 어루만지며
한통속이 되어 마냥 걷는다.

턱을 괴고 앉아

연휴가 지겨워서
턱을 괴고 앉아
눈만 껌벅여본다.

세상은 제 잘난 맛에
한철을 만난 듯 바삐 설쳐대지만
도무지 움직이기 싫어
꼬박 이틀이나 턱을 고이고 앉아
신년초부터
죄없는 입을 놀려
세상을 온통 저주해본다.

텔레비전의 그림도 놀랐는지
캄캄한 어둠속으로 숨어버렸다.

덕담보다 소중한 것? 악담.
통일보다 소중한 것? 분단.
정의보다 소중한 것? 불의.
자유보다 소중한 것? 감금.
합격보다 소중한 것? 낙방.
분배보다 소중한 것? 독점.

자주보다 소중한 것? 외세.
건강보다 소중한 것? 질병.

연휴가 신나서
턱을 괴고 앉아
바깥 세상을 잊고
덕담을 지껄여본다.

마음을 열고

마음을 열고
모든 것이 다 들도록 마음을 열고
팍팍한 길일망정 걷노라면
세상 참 넉넉하여
온통 하나가 됩니다.

남북이 그렇게 멀다보니
동서가 그렇게 멀고
위아래가 그렇게 막히다보니
좌우가 그렇게 삐걱거리지 않던가요?

하늘은 그냥 하나로 크고
물길도 어디 끊긴 데가 있던가요.
서 있는 것들도 저리 한데 어울려 흔들고
사나우나 부드러우나 바람도
한데 어울려 불어댑니다.

마음을 열고
단 하루만이라도 다 받아들여
작은 땅덩어리 큰 땅덩어리 되게 합시다요.

모조리 望月洞

전 국토에 동동 달이 뜨니
이 땅 모조리 망월동 아니냐.

의로운 몸 땅속에 누워
푸른 넋 파릇파릇 돋게 하니
이 또한 부활 아니냐.

오월,
오월,
부끄럼 한점 없는
하나뿐인 몸과 얼 바쳐
이 땅 일으키니
이것이 바로 참 광복 아니었더냐.

8·15를 뒤집어보라
5·18이 아니냐
외세와 독재와 분단을 뒤집어보라
자주와 민주와 통일이 아니냐.

오월,
오월,

석가도 공자도 예수도 한몸 되어
뒤집기를 하니
몇천년 어둠에 묻혔던
이 땅 아픔을 딛고 일어서지 않았느냐.

전 세계에 동동 달이 뜨니
이 세상 모조리 망월동 아니냐

구천에 떠도는 넋이여
겨레의 파수꾼이여.

無等에 올라

한사코 밀리고 밀려서
예까지 온 것이 아니다.

그냥 어머니 같은 품이 그리워서
지나간 세월의 옷자락에
얼굴을 묻고 해가 다하도록
울고파서 온 것도 아니다.

땅을 치며 발을 구르며
나를 잊기 위해서도 아니다.

날이 청명하면 어떻고
날이 궂으면 어떠랴.
새벽이면 어떻고 한낮이면 어떻고
달 뜨는 밤중이면 어떠랴.

있는 길 피해서,
숲을 헤치고 바윗돌 넘어
이미 떠난 생명들과 나란히
두 손바닥으로 얼굴 가리며
부끄러운 몸 낮추며

오늘도 내일도 또 모레도
쓸데없는 말 참으며
이 하늘 아래 무등에 올라
마냥 뒹굴며 모든 한들을 보듬으리라.
이 우람하고 다정한 정에 묻혀서.

잠을 자다가

잠을 자다가 벌떡 일어나 앉는다
잠결 속에서 누군가가
나지막하나 단호하며 정다운 목소리로
「국토서시」를 낭송하면서
중간에 간신히 멈추고,
일어나라 일어나라 명령하므로
"조태일 지음" 할 때
벌떡 일어나 앉는다.

그분은 안 보이므로
나도 그분처럼 캄캄한 밤의 흙 속에 누워서
「국토서시」를 떠올리지만
도무지 한 줄도 외울 수가 없어
다시 잠결 속에서 출렁거린다.

우리의 국토
충남 연기군 금남면 달전리
야트막한 산등성이 땅속 깊이
삼베옷 걸치고 누워서
우리 스승은 그렇게 누워서

오늘밤도 달빛 별빛 모아놓고
푸른 솔 숨결로 한밤 내내
민족시 수백편을 줄줄이 낭송하시네.

잠을 자다가 또 벌떡 일어나
그분! 성내운 선생님과 마주앉으려 하나
바지저고리 두루마기 표표히 날리며
국토, 그 어디메로 몸을 낮추시네.

반기는 산

하이얀 살들을 드러내놓고
누구나 와서 뒹굴라고
겨울산은 말없이 누워 있다.

세상의 온갖 욕설도 괜찮다고
세상의 온갖 권력도 괜찮다고
세상의 온갖 가난도 괜찮다고

혼자라도 좋고
여럿이어도 좋다고
겨울산은 다만 저렇게 누워서

하이얗게
하이얗게
반길 뿐이다.

님의 두루마기
성내운 선생님을 그리며

님이시여, 보이십니까?
진월골에 햇빛이 내립니다.
내려서 여기저기 거닙니다.

별빛, 달빛도 내립니다.
고요히 내려
온갖 시름들을 달랩니다.

님은 이런 모습으로
항상 저희들 곁에 계십니다.

님이시여.
님께서 떠난 여기 진월골에
세월은 오늘도 어김없이 휘감깁니다.

바람도 와서 온갖 적막을 깨웁니다.
혹은 나뭇잎이나 풀잎들을 흔들어
님의 두루마기로 펄럭입니다.

님이시여.
아직은 저승이 아닌 거기 달전리에서

온갖 작은 새들을 모아놓고
온갖 잔솔들을 모아놓고
햇빛, 달빛, 별빛들을 한꺼번에 모아놓고
어제도 오늘도 민족시들을 암송하시겠죠.
내일도 모레도 그러시겠죠.

큰 것보다는 작은 것을
귀한 것보다는 천한 것을
위보다는 아래를 사랑하시고
정을 더 쏟으시던
님이시여.
이름있는 것들보다는
이름없는 것들을 더 아끼시던

님이시여.
봄이 오고 있습니다.
허연 잔설들이 안쓰러이 물러가고 있습니다.
그 자리에
님의 음성이 나지막이 갈앉고 있습니다.
보이시죠.
님이시여.

지평선

가을이다.
더 멀고 거침이 없는
우리들의 삶이 끝날 듯
되살아나는
저기 저곳에다
떳집이라도 한채 지으리라.

가을이다
돌고 돌아 거침이 없는
우리들의 삶이 끝날 듯
되살아나는
저기 저곳에다
허름한 마음집이라도 한채 지으리라.

물의 끝
마음의 끝
낭랑한 목소리가 뚝뚝 떨어지는
저기 저 지평선에서
춤을 추리라.

쥐불놀이

그러면 그렇지.
피가 맑아서 뜨거운 아이들
방문을 박차고 일제히 쏟아져나와
밭두렁 논두렁을 깨운다.

언 땅을 마구 달구며 서로 섞여서
사내아이들은 당당히 서서
계집아이들은 쪼그리고 앉아
오줌발을 힘차게 뿜어대면
겨우내 움츠리며
설마, 설마, 설잠으로 뒤척이던 들판은
가까스로 씨앗들을 껴안고
마침내 아이들 수선 속에 안겨
잠을 털어낸다.

나지막한 하늘에다
아침부터 저녁까지 별들을 띄우며
왁자지껄 마구 불을 놓으면

아서라, 아서라,
울타리 태울라, 조상묘 태울라

더러 참견하는 어른들 앞을 지나며

이 신명 누가 참견이냐
우리들 알 바 아니란 듯
불로 그을린 얼굴을 마구 문질러대며
들판과 함께 동무삼아 씩씩거리며
천방지축 내달린다.

연날리기

잠결인 듯
매운 칼바람에 취해
대낮인데도 답답해서 어지러울 땐
겨울 언덕에 선다.

아니 남산 꼭대기면 어떻고
인수봉이면 어떠랴.
국회의사당 옆 한강 고수부지면 어떻고
설악산 백담사면 어떻고
밤낮없이 달이 뜨는 망월동이면 어떠랴.

칼끝 같은 바람에
오장육부가 다 드러난다 해도
다스운 눈동자 서로 포개며
연을 날리자.
욕심도 티끌도 미움도 죄다 실어
악악 악을 쓰며 연줄을 끊어버리자.

그 끊어진 연줄을 타고 오는
말로만 무성한 님을 만날 수 있다면
잠결이면 어떻고

대낮이면 어떠랴,
처음으로 만나는 님만 있다면.

풀꽃은 꺾이지 않는다

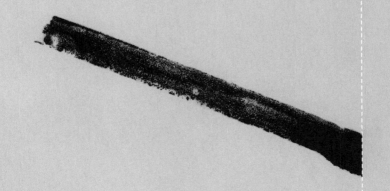

풀꽃은 꺾이지 않는다

풀씨

풀씨가 날아다니다 멈추는 곳
그곳이 나의 고향,
그곳에 묻히리.

햇볕 하염없이 뛰노는 언덕배기면 어떻고
소나기 쏜살같이 꽂히는 시냇가면 어떠리.
온갖 짐승 제멋에 뛰노는 산속이면 어떻고
노오란 미꾸라지 꾸물대는 진흙밭이면 어떠리.

풀씨가 날아다니다
멈출 곳 없어 언제까지나 떠다니는 길목,
그곳이면 어떠리.
그곳이 나의 고향,
그곳에 묻히리.

겨울바다에서

한 됫박, 두어 됫박씩 쏟아지는 볕이다.

햇볕도 추워 얼어 떨어지는 곳
눈발로 부산하다.

파도는 얼어 큰 산으로 솟았고
겨울새, 그냥 그 위에 얼어붙었다.

물속 깊이 고기떼 가슴
두근거리는 소리 들리고,
조개들도 입을 악물었다.

이 가슴도 얼어
이 숨결도 멈추어라.
이 영원 앞에서.

황홀

들꽃들과 바람들이 낮거리하는 들녘으로

순아,
돌아,

이슬처녀 저 혼자 햇님 껴안고
불그레 얼굴 붉히는 길섶을 지나
흰 구름 검은 구름 몸 섞으며 떠도는
하늘을 보며

순아,
돌아,

들꽃들과 바람들이 낮거리하는 들판을 지나
붉은 해 산과 신방 차리려
노을이불 펴며 내려오는
해거름 속으로

순아,
돌아,

우리 함께 가자.
들꽃의 몸으로
바람의 몸으로
낯거리하러.

홍시들

한 오십여년 남짓 웃은 웃음이리
아니야, 한 오십여년 흘린 피눈물이리.

빠알갛구려, 알알이 밝혔구려,
청사초롱, 홍사초롱.

아아, 눈감으리
까치밥으로 두어 개 남을 때까지
발가벗고 신방 차리는 소리.

청살문을 닫아라
홍살문도 닫아라.

봄이 오는 소리

어렸을 적,
발바닥을 포개며 뛰놀던
원달리 동리산 태안사에
봄이 딛는 발자국 소리
여기까지 들려오네.

살얼음 밑에서 은빛 비늘 희살대며
봄기운에 흐물거리던 피래미떼들도
광주의 내 눈에 가득 넘치네.

지금 종달새 노래 그쳤어도
새싹이 다투어 돋아나는 곳,

그곳을 향해
모든 일 젖혀놓고 눈을 감네.

동리산에서

날이 샐 무렵
어둠 더불어 빨치산들이 산으로 오른 뒤,
골짜기 대밭에서
죽순 서로 키재기하는 걸 보고
나는 무럭무럭 자랐다.

어린 짐승새끼
어미 잃고 집 잃어 밤새 울어쌀 때
동리산 품 같은 어머니 가슴 파고들며
속으로 꺼이꺼이 울며
나도 밤을 샜다.

홍시감 익어갈 때,
홍사초롱 수천 개씩 가지 휘어져라 매달릴 때,
아랫집 남순이랑 얼굴 붉히며
왼종일 가슴이 뛰었다.

그런데,
그 빨치산들 다 어디 갔나
그 어린 짐승 자라서 다 어디 갔나
그 죽순 자라서 어디 갔나

그 홍시 다 어디 갔나
그 남순이 어디 갔나.

가을날에

아,
저,
아스라히 멀어서
눈에 잘 들고
몸에 잘도 감기는
하늘 끝자락
치렁치렁 두르셨다.

뙤약볕이 뙤약볕을 볶아먹던
지난 여름을 만가로 잠재우시고

잔가지 많이도 거느린
덕 많은 소나무,
바알갛게 익어가는 감들을 어루만지며
바람, 바람, 바람, 다독이며
서성입니다.

묵밭뙈기 풀내음으로
컬컬한 목 축이시며.

달빛

달빛 속에서 흐느껴본 이들은 안다.

어째서 달빛은 서러운 사람들을 위해
밤에만 그렇게 쏟아지는지를.

달빛이 마냥 서러워
새들도 눈을 감고
두근거리는 가슴으로 세상을 껴안을 때
멀리 떠난 친구들은 더 멀리 떠나고
아직 돌아오지 않는 기별들도
영영 돌아오지 않을 듯 멀어만 가고.

홀로 오솔길을 걸으며
지나온 날들을 반성해본 사람들은 안다.
달빛이 서러워 오늘도
텅 빈 보리밭에서 통곡하는
종달새들은 안다.

남의 일 같지 않은 세상을
힘껏 껴안으며 터벅터벅
걷는 귀가길이
왜 그리 찬란한가를 아는 이는 안다.

노을

저 노을 좀 봐.
저 노을 좀 봐.

사람들은 누구나
해질녘이면 노을 한폭씩
머리에 이고 이 골목 저 골목에서
서성거린다.

쌀쌀한 바람 속에서 싸리나무도
노을 한폭씩 머리에 이고
흔들거린다.

저 노을 좀 봐.
저 노을 좀 봐.

누가 서녘 하늘에 불을 붙였나.
그래도 이승이 그리워
저승 가다가 불을 지폈냐.

이것 좀 봐.
이것 좀 봐.

내 가슴 서편 쪽에도
불이 붙었다.

꽃들, 바람을 가지고 논다

꽃들, 줄기에 꼼짝 못하게 매달렸어도
바람들을 잘도 가지고 논다.

아빠꽃 엄마꽃 형꽃 누나꽃 따라
아기꽃 동생꽃 쌍둥이꽃
바람들을 잘도 가지고 논다.

바다에서 파도를 일으키며 놀던 바람도
산속에서 바윗덩이를 토닥이며 놀던 바람도
공중에서 날짐승을 날게 하던 바람도

꽃들 앞에선 오금을 쓰지 못한다.
꽃들 앞에선 그 형체까지를 잃는다.

팔다리 몸통 줄기에 붙들렸어도
그 자태만으로 바람의 팔다리를 묶으며
그 향기만으로 바람의 형체를 지우며

잘도 가지고 논다.
잘도 달래며 논다.

동백꽃 소식

갑술년 새아침에
여수에서 날아온 연하장의 내용은
이렇다.

"동백꽃이 피기 시작했습니다.
붉은 동백꽃이 윤기 나는 진초록
이파리 사이로
눈이 부십니다.
새해에는 이 붉은 동백의 열정이
모두 선생님께 가길 빕니다."

작년 여름,
충무의 수국(水國) 작가촌에서 만났던
시인이 되고파하는 처녀의 바람.

붉은 동백의 열정이
칠천만에게 고루고루 가면 좋으련만
모두 나에게로만 가길 빈다?

그 마음씨 곱고 고맙지만
처녀여, 오동도 동백꽃섬

한 귀퉁이에 통째로 떨어져 있는
한 송이 동백의 열정도
나에겐 과하지.

물과 함께

물은 발걸음도 안 보이게
느릿느릿 혹은 쏜살같이 걷다가
세상살이 싫증나면
땅속 깊이 스며 숨는다.

물은 온몸이 온통 맑은 눈이어서
햇빛 별빛 달빛이 그리우면
슬그머니 솟아나 밤낮없이 이 땅을 누비다가
산산이 조각내어 하늘을 날기도 한다.

그러다가, 이 땅이 걱정이 되면
지상에서 죽어야지, 지상에서 죽어야지,
때맞춰 내려와
발걸음도 안 보이게 또
느릿느릿 혹은 쏜살같이 걷는다.

그러다가, 이 땅에 몸을 던져 죽고 싶으면
아무 데나 있는 웅덩이를 찾아가
지친 몸, 아니 아직 견딜 만한 몸을 푼다.

세상의 온갖 티끌과 낙엽을 끌어모아

함께 고여 썩는다.
나도 물과 함께 고여 썩는다.

다시 살아날 시간들을
저 개울가에, 강가에, 바다에 보내놓고.

새벽, 골목을 거닐며

찬바람이 귓불에 뜨겁다.
밤새 헛것들을 보고 짖어대던 개들은
늦잠을 자고

발끝에 노니는 새끼은행잎들
노오랗게 노오랗게 살이 올랐고
머리에 떨어지는 새끼대추알
오동포동 살이 올랐다.

담쟁이덩굴 아직도 샛별을 휘감지 못했나,
가냘픈 몸으로 기를 쓰며 오른다.

한낮, 논두렁 밭두렁을 거닐며

찬 기운에 떨고 있는 벼들을 쓰다듬으며,
어릴 적, 외할머니의 쭈글쭈글한 얼굴을 만지며,
서성거리는 마음은 호사로운 일이다.

알알이 매끄러운 살결은 어디에 감췄냐
까실한 몸뚱이를 하늘에 드러내놓고
별이 되려는, 별빛이 되려는 콩깍지를 만지며,
바늘귀가 어두워 힘없이 솟는 어머니의 눈물을
닦아주며, 내 눈물도 포개며
서성거리는 마음은 호사로운 일이다.

빼빼 말라라
장작처럼 말라라
너도 마르고 나도 말라라
다 말라라.

야밤, 갈대밭을 지나며

달빛이 눈가루로 쏟아지는 밤길이다.
야간 강의를 마치고 공동묘지를 지나
집으로 돌아오는 길이다.

귀신도 숨죽여 자는 밤,
속살을 드러내놓고
하늘에 저녁내 제 몸을 맡기는
갈대들 속에서 갈대에 기대어
나는 옷을 벗는다.
신열이 나고, 가파른 숨결을 달래기 위해
마음의 누더기까지 벗는다.

살도 피도 뼈도 다 바치기 위해
이승 땅 저승 땅 가리지 않고
갈대밭을 지나며 맨살로 지나며
마음과 몸까지를 모두 벗어두고

일찍 맺힌 이슬방울 굴리며
아무것도 없는 채로
갈대밭을 지난다
사각사각 귀신들을 깨우며.

노을 속의 바람

꿈이 아니네
어머님 같은 벌판을 거닐며
이제 숨가빴던 노래도
녹아 흐르는 노을 속을 부는 바람을 본다.

신새벽 일어나
고이 잠든 참새집을 들쑤시던 바람은
들녘에 떨고 있는 풀들을
울리고 또 울리며 떨게 하더니만

이글이글 타는 저녁 바람과
함께 붉게 붉게 부끄러워하며
누구의 보금자리를 또 엿보는가.

저리 찬란한 꽃으로 피어
내 어두운 속살을 물들이는가
노을 속의 바람.

풀꽃은 꺾이지 않는다

사람들은 풀꽃을 꺾는다 하지만
너무 여리어 결코 꺾이지 않는다.

피어날 때 아픈 흔들림으로
피어 있을 때 다소곳한 몸짓으로
다만 웃고만 있을 뿐
꺾으려는 손들을 마구 어루만진다.

땅속 깊이 여린 사랑을 내리며
사람들의 메마른 가슴에
노래 되어 흔들릴 뿐.

꺾이는 것은
탐욕스런 손들일 뿐.

겨울 보리

뒤덮인 하이얀 눈 속에서
더 붉은 사랑.

푸득푸득 꿩이 날아오르는
후미진 산등성이 옆에
더욱 푸르러 뜨거운 몸뚱이.

매운 찬바람 속에서도
이제 삶을 죽음이라
죽음을 삶이라 말하며

밟힐수록 힘이 솟는 우리들,
타오르는 태양 아래서
끼리끼리 그림자 만들어
마침내 더불어 큰 산 이루었네.

다시 오월에

오월은 온몸을 던져 일으켜세우는 달.

푸르름 속의 눈물이거나
눈물 속에 흐르는 강물까지,
벼랑 끝 모진 비바람으로
쓰러져 떨고 있는 들꽃까지,

오월은 고개를 숙여 잊혀진 것들을 노래하는 달.

햇무리, 달무리, 별무리 속의 숨결이거나
숨결 속에 사는 오월의 죽음까지,
우리들 부모 허리 굽혀 지켰던 논밭의 씨앗까지.

오월은 가슴을 풀어 너나없이 껴안는 달.

저 무등산의 푸짐한 허리까지
저 금남로까지
저 망월동의 오월의
무덤 속 고요함까지.

오월은 일으켜세우는 달

오월은 노래하는 달
오월은 껴안는 달
광주에서 세상 끝까지
땅에서 하늘 끝까지.

태안사 가는 길 1

나라가 위태로웠던 칠십년대 말쯤
아내와 어리디어린 세 아이들을 데리고
고향 떠난 지 삼십년 만에
내가 태어났던 태안사를 찾았다.

여름 빗속에서 칭얼대는
아이들을 걸리며 혹은 업으며
태안사를 찾았을 때
눈물이 핑잉 돌았다.

그리고 두번째로
임신년 겨울,
팔십을 바라보는 어머님을 모시고
아내와 이젠 웬만큼 자란 아이들을 데리고
터벅터벅 태안사를 찾았을 땐

백골이 진토 된
증조부와 조부와 아버님이
청화 큰스님이랑 함께
껄껄껄 웃으시며
우리들을 맞았다.

태안사 가는 길 2

광주직할시 서구 광천동 대문을 나서며
어머니!
오냐.

전남 곡성군 삼기면 원등 선영을 지나며
어머니!
오오냐.

보성강 태안교를 지나며
어머니,
오오냐, 오오냐.

내 탯자리를 지나며
어머니,
오오냐, 오오냐, 오오냐.

자유교를 지나며
어머니,
오냐아.

귀래교를 지나며

어머니,
오냐아, 오냐아.

정심교를 지나며
어머니,
오냐아, 오냐아, 오냐아.

반야교를 지나며
어머니,
오오냐아.

해탈교를 지나며
어머니,
오오냐아, 오오냐아.

금강문을 지나며
어머니,
오오냐아, 오오냐아, 오오냐아.

일주문을 들어서며
어머니,

오오냐아아, 오오냐아아, 오오냐아아.

대웅전을 들어서며
어머니!
오냐.

부처님 앞에서
어머니!
………

지장보살
지장보오살
지이장보오살
지이자앙보오사알, 지이자앙보오사알……

삼백, 예순, 다섯, 날

살아 있는 풀이거나 나무들은
아니, 죽어 사는 풀이거나 나무들은
일제히 뿌리들을 허공에 드리웠다.

사람들은 물구나무설 때
두 팔이나 한 팔로 땅을 짚는다.
공중돌기를 할 적엔 안 짚기도 하지만
발과 머리가 뒤바뀐 채
그렇게 오래도록 허공에 매달리지 못한다.

삼백, 예순, 다섯, 날을
사람들은 햇살이 좋기도 하고 싫기도 하다며,
짜증과 투정을 부린다.
저놈의 별빛이나 달빛은 우째서
삼백, 예순, 다섯, 날 밤
나만 귀신처럼 따라다니냐며
방 속으로 기어들어 몸을 눕힌다.

그러나 살아 있는 풀이거나 나무들은
아니, 죽어 사는 풀이거나 나무들은
그런 사람들의 그런 짓거리가 싫어

삼백, 예순, 다섯, 날을
햇살이 좋아 별빛 달빛이 좋아
아예 뿌리까지 허공에 매어단 채
시원한 그늘을 드리운다.

영일만 토끼꼬리에서

암탉의 꽁무니 깃털에
햇빛이 내려와 도란거리며 논다.

영일만의 토끼꼬리에서
마음 맞는 친구들이 떠들어대며 논다.

사타구니를 간지르는 햇빛은
그 누구의 것도 아니듯
우리들이 노니는 일 또한
그 누구를 위해서도 아니다.

친구여 한번쯤
서울에서 광주에서 달려오게나
진한 소주 몇잔에 취해
예약한 비행기를 놓치자
우리들의 인생을 놓치자.

십자가만 보면

십자가만 보면 피가 솟는다?
상하좌우로 사지를 늘어뜨리고
피를 흘리는
저 어둠속의 십자가를 보면 피가 솟는다?

구원할 죄인들이 너무 세상에 가득해
오늘밤도 공중에 떠서 피땀을 흘린다?

저걸 보고
우리 천상병 시인은 하늘나라로 갔던가?

새떼들이 비에 젖어
저 하늘가로 날아갔듯이
우리 천상병 시인도 그렇게 갔던가?
십자가만 보면 피가 솟아서?

서편제

북채를 잡아라 오래비여.
송홧가루 하염없이 내 귓가를 스치는
남도 황톳길 터벅터벅 걸어
소리재에 올랐다.

산마루마다 걸린 붉은 노을은
누구의 노래더냐 누구의 불타는 마음이더냐.

어서 북채를 잡아라
눈뜨고는 차마 여기 이를 수 없어
오래비여, 나 눈을 감았다.

내 소리 이제 이 산천에 묻고
또다른 소리 찾아
이 몸 이 산천 저 산천 떠돌리라
어서 북채를 잡아라.

산에 올라, 바다에 나가

산에 올라 가만히 살펴보면
태산도 티끌들의 세상이더라.

바다에 나가 가만히 들여다보면
바다도 물방울들의 세상이더라.

티끌이 앓으면 태산이 앓고
물방울이 앓으면 바다가 앓고

중생이 앓으면 부처가 앓고
모기의 눈이 멀면
하늘도 눈이 멀더라.

누우런 호박이 울타리에 붙어 울면
지붕 위의 박들도 소복을 하더라.

소나기를 바라보며

지금 창밖엔 햇빛에 젖은
소나기들이 내린다.
소나기들의 저 아스라한 끝
검은 먹장구름 위의 햇빛을 보아라.
유신 때, 80년에 감옥에서 걸쳤던
흰 무명 바지저고리 꺼내 입고
참된 끝을 찾아 내 마음도 젖어
박노해의 『참된 시작』을 읽는다.
시 한줄 읽고 하늘 한번 쳐다보고
시 한편 읽고 젖은 나무 쳐다보고
시집 한권 다 읽고 젖은 날것들 바라보지만
참된 끝도 시작도 도무지 안 보여
문밖으로 나와 햇빛에 젖은
소나기에 나도 젖어본다.
날것들은 모두 날개가 젖어 있지만
바깥은 모두 젖어 있지만
감옥 안에 있으므로
황석영, 박노해, 박영희는 안 젖겠구나.
아 거기가
시작인가 끝인가, 끝인가 시작인가.

환장하겠다, 이 봄!

그리움이 뭐길래 잡히지 않고
내 어렸을 적 동리산 계곡 물가의
은빛 보송보송 버들강아지며
노오란 나리나리 개나리 한아름 꺾어 안고,

봄내음에
간질간질 간지러워
코 벌름거리며
땅바닥에 얼굴 그냥 포갰다.

팬티보단 쬐끔 긴 고쟁이 걸치고
엄동설한 잘도 걸어온
까실한 허벅지며 종아리도
멈추었다.

흙내음 물씬한 냉잇국 그리워,
환장하겠다, 이 봄!
환장하겠다, 이 봄!

봄이 온다

봄이 온다.
봄빛이 어른거린다 눈을 뜨자

봄눈이 내린다 봄눈 녹듯 녹아버리자
봄볕이 쏟아진다 낯바닥을 그을리자
봄바람이 분다 가슴을 보풀리자
봄비가 내린다 속타는 마음 젖어버리자

봄꽃이 핀다 노릇파릇 물들자
봄사돈 꿈에 보인다 잠에서 깨자

봄추위가 온다지만
봄은 봄이다 품은 자식 풀어놓자.

어느 새색시 시인의 고민

요즘 도무지 시가 안 써져 고민이라는
꼭 숫처녀 같은 새색시 시인을
어느 지방신문 신춘문예 시상식 끝의
간담회 자리에서 만났다.

대학시절엔 깡소주로 육체와 정신을 단련했고,
때론 시국에 관해 비분강개도 하면서
불꽃병도 원없이 코앞에 던져보았다는,

지금은 결혼해 깨알 쏟으며
서방님과 오순도순 잘도 살아간다지만
시가 도무지 안 써져 고민이라는,
어느 새색시 시인.

시를 쓰고자 방문을 잠그고
연방 담배를 피워대며 기를 쓰지만
시는 나오지 않고 서방님의 인기척만 들리고,
담배연기를 없애려 손바람 피우며 조마조마.
시가 안 써진다고 자네, 담배만 피우면 쓰나 하는
서방님의 정겨운 목소리에
왈칵 눈물을 쏟으며 품에 안긴다는

어느 숫처녀 같은 새색시 시인.

바로 그런 이야기를 쓰는 것이 시라고
말하면서 나는
우람한 품안으로 그를 안아들였다.
비록 남의 여자지만
마음속으로 마음속으로.

대선 이후

진정한 승자도 패자도 없이
대선도 끝났다.

팽팽하게 긴장하던 산천도
물먹은 동양화처럼 하늘 아래 누웠다.

몰아닥친 한파가 어쩔 줄을 모르며
엉금엉금 골목을 누비고,
떨고 있는 나뭇가지 끝에 매달려
떨어질까, 말까, 고민하는 몇잎의 낙엽.

시인은 술에 취해
책 속의 활자들을 모조리 쫓아내며
호통을 친다.
이놈! 이놈!

겨울산

선운사를 거쳐
조계산을 넘어 송광사를 찾는다.

차가운 날씨가 좋아서
새들은 이 나무 저 나무 옮겨다니고

야트막한 산등성이를
아침 안개가 기어오른다.

눈이 안 덮인 산이지만
내 살결인 양 쓰다듬으며
안쓰러워라, 안쓰러워라.

눈을 감으며 산을 오른다.
눈을 뜨면서 산을 오른다.

겨울 솔방울

굼벵이도 지붕 위에서 떨어질 때는
나름대로 생각이 있어서 떨어진단다.

지난번 설날에도 그 이튿날 일요일에도
나는 거시기들과 함께 산에 올랐다.

소나무 아래서 쉬면서
왠지 머리 위가 간지러워 머리를 젖혀
솔방울 솔방울 솔방울들을 쳐다보았다.

굼벵이만큼도 생각이 없는지
간절한 땅을 굽어보면서도
떨어질 생각도 못하고
찬 가지 끝에 매달려
오순도순 떨고만 있고나.

거시기 일행도 눈치 못 채게
내 가슴에
솔방울 솔방울 솔방울들을 껴안았다 놓으며
정상을 향해 터벅터벅 걸었다
굼벵이만큼 생각하면서.

청보리밭에서

양지바른 밭두렁에서
띠뿌리를 잘근잘근 씹으며
파아란 하늘을 쳐다보는 일이 재밌던 시절

느닷없이 육이오가 터지고,
함경도에서 평안도에서 황해도에서
강원도에서 서울에서 충청도에서
피난온 동포들을 위해서
내가 자라던 광주의 광천동에는
피난민 수용소가 생겼다.

따발총처럼 말이 빠르던 동무들
뙤뙤뙤 말을 더듬던 동무들을 위해서
종일 주먹밥을 나르던 일이
그렇게 신명이 날 수가 없었던 시절.

우리들의 꿈을 찾아 들판으로 나서자!
동무들과 함께 보리밭을 밟는다.
풍년이 들거라.
풍년이 들거라.
눈이 내리면 더욱 신이 나서

핫바지를 걸치고도 땀이 솟았다.

지금은
그 청보리밭 위에 게딱지 같은 집들이 자라고
더러는 우중충한 공장들이 자라고
그 따발총들은 어디 갔나.
그 뙤뙤뙤들은 어디 갔나.

대선이 끝나고

대선이 끝난 후
나는 새로운 취미를 얻었다.

신문을 보더라도
정치면 경제면 사회면 문화면은 안 보고
광고나 아니면 검은 줄 옆의 사망기사나 본다.
출생이나 탄생 기사가 언제 한번이나 실렸더냐?

텔레비전을 보더라도
뉴스나 해설이나 오락물은 안 보고
광고나 아니면 일기예보나 본다.
특히 이익선의 일기예보를 즐긴다.
그녀는 매일매일 옷을 갈아입는데
종이를 펴놓고 옷모양을 그리고
그 빛깔까지를 색칠 대신 글씨로 쓰면서 듣는다.
한달 내내 나는 이 짓을 했는데
간장이 시어지고 소금에 곰팡이가 슬 때까지
이 짓을 하기로 했다.
도대체 누가 시청자들을 위해
눈물 나도록 이렇게 날마다 새옷 차려입고
우리들의 눈을 즐겁게 했더냐?

대선이 끝난 후
나는 비록 텔레비전에 안 나가지만
하루는 너무하고 이틀에 한번씩
속옷이나마 갈아입는 취미를 얻었다.

비 그친 뒤

후두둑후두둑
소리만 남기고 비 그치자
곱게 곱게 씻은 푸른 얼굴 쳐들고
산행길의 나뭇잎들 부산하다.

까치들, 산새들
꽃들이 진 자리를 맴돌고
물방울들, 물방울들,
아직도 공중이 좋아 해찰하며 떠돌고

배낭을 베개 삼아
벌렁 드러누운 사내.

새벽녘까지의 술잔을 떠올리며
잘못 살아온 시간들을 뉘우칠 때
몸뚱어리는 드넓어
삼천대천세계 들어와서
편히 눕는다.

후두둑후두둑
비가 그친 뒤.

꽃

너는!
오로지 피어 있으면 그뿐
나는 너의 이름을 짓지 않으련다.
너는!
오로지 지면 그뿐
나는 너의 이름을 부르지 않으련다.

이름없이 잡풀들 곁에
오늘도 피고 지는 너를
온 힘으로 껴안을 뿐.

참빗, 얼레빗으로
너의 향기를 빗어줄 뿐.

피어라,
찬바람이 부는 모든 가슴속에
피어라,
찬바람이 부는 모든 가슴속에
피어라,
쓸쓸히 죽어가는 모든 숨결 속에.

지거라,
너의 이름을 함부로 짓는 시인 위에.

지거라,
너의 이름을 함부로 불러대는 시인 위에.

대추들

홍건히 달빛이 차오를 때
너나없이 주저리주저리
몸 둘 바 모르는
우리 집 대추들.

금세 쏟아질라
하늘의 별떼들.

해남 땅끝의 깻잎 향기

돌무더기 주위엔
파도소리 바쁘고.

땅끝은 끝이 없어라
향기 끝은 끝이 없어라.

들깻잎 위에 밤비 내리고
들깻잎 향기 바다를 잠재운다.

풀꽃들과 바람들

풀꽃들이 흔들리고 있을 때
바람들이 몰려와 옆에 섰다.
바람들이 멈추었을 때
풀꽃들은 더욱더욱 흔들렸다.

저토록 찬란한 몸짓을 따라
홀로 찾아와
내가 흔들리고 있을 때
두고 온 생활들도 따라와
옆에 섰다.

황홀하다 춤을 추자
신바람나는 일은 너희들 것이고
싸워야 하는 일은 나의 일이다.

오늘도 높푸른 하늘을 머리에 이고
풀꽃처럼 춤을 춘다.
바람들을 옆에 두고
목이 타서 홀로 홀로 춤을 춘다.

풀벌레들의 노래

이제는
사람들 가까운 데서 노래하지 않고
저 멀리,
하늘 끝과 땅 끝이 포개는 곳에서
노래한다.

금을 긋자
금을 긋자
사람들의 목소리와.

별밭 밑의 풀밭,
풀밭 밑의 찬란한 고요.

오늘도 한사코
지네들끼리만 몸 부비며
노래한다.

동백꽃

바다에 동동 떠 있는 오동도에
흰 동백 붉은 동백 다투어 피었다.

수절도 진하면
저리도 찬란타?

울렁이는 가슴
사방 푸른 바다 향해 젖히고
파도치는 바다에 기대어

한껏 터졌다.
더욱 부끄러운 자태로
아낌없이 부서질 줄 아는
너의 마음 붉어서

그리움으로
노을 되어 수평선에 걸렸다.

봄비

젖어버리자 젖어버리자고
우산도 버리고
저벅저벅 걸어서 예까지 왔다.

흙은 간지러워서 발밑에 누워 있고
나무들은 모두
어깨를 걸면서 산으로 오르고 있을 때,

봄비에 취해
나 예까지 와서
홀로 거닐면서
무엇을 부끄러하랴.

알몸으로 천번이고 만번이고
세상을 껴안는다.

겨울꽃

겨울 벌판
어느 후미진 곳에
마를 대로 마른 꽃들이

더러는 하늘을 쳐다보고
더러는 주위를 돌아보며
더러는 땅을 굽어보며

허연 눈밭에
흔들리는 그림자를 드리우고 있다.

휘어진 세상
휘어진 몸을 가까스로 견디며
흐느끼고 있다.

어느날 내가

어느날 내가
산을 오르는데
올라도 올라도 제자리일 뿐

앞장서서
부산하게 오르는 것은
잡초들이었다.
허리 구부러진 소나무들이었다.

하늘도 온통 다 내려와
앉은걸음으로 오르고
바람들도 다투며 오르고

어느날 내가
산을 내려오는데
하늘과 바람은 간데없고

잡초들만
구부러진 소나무들만
앞장서서 내려가고 있었다.

바다

섬들이 떠도는
나의 마음 한구석을
갈매기들이 날개 퍼덕이며
낮게 낮게 날고 있다.

떠나는 것들과
돌아올 것들 사이에서
눈물과 환호는
이제 더이상 나의 것이 아니다.

엎어지고 뒤집히는
바로 앞의 바다를 보면서
나는 나의 뜨거운 가슴을
하늘에 펼친다.

꽃에게

너로부터 떠난다.
오랜 방황을 끝내고
무릎 꿇어 땅을 치며
목마른 외침을 남겨두고

이제 나는
너로부터 떠난다.
코끝의 향기도
눈 속의 너의 모습도
이미 나의 것이 아니다.

그냥 피어 있거라
이 세상 끝까지.

꽃아.
꽃아.

봄맞이

머리 위로 구름은 흐르고
산들은 저만치서
서로 어깨를 걸고 들판을 에워쌌다.

봄이 오면
겨우내 굳었던 삭신을
간질거리는 것이 있다.

찬바람만 잉잉대던
내 가슴속에 꿈틀거리는 것이 있다.

환장하게 눈부신 햇빛에
몸을 꼬며, 새순들이 일어서는 시간

사람들은 잔설 곁을 서성거리며
이제 오는 사랑을 향해
손들을 흔들며 부산하다.

석양 아래서

아침부터 취했나
저녁 노을 불그스레 온 하늘 물들였다.
서러운 상여소리 저처럼 붉을까?

어화 넘자 어화 넘어
이 석양을 어서 넘자.

오늘도 할일 많아 종일토록 헤매다가
돌베개 베고
팔다리 땅에 뻗고

정치는 사라져라고
오뉴월 타살정국, 분신정국 사라져라고

어화 넘자 어화 넘어
이 석양을 어서 넘자.

오늘 내가 한 일

신새벽 먼동과 함께
저녁 노을 타는 서산에 이르도록
팔다리 휘저어
종일토록 한 땅을 걸었다.

그랬다.
만월이면 어떻고 초승달 그믐달이면
어떻냐, 함께 밤길을 걸었다.
수많은 아기별들 어깨에 받치고
개울 건너 강 건너

미움 없이 원없이 걸었다.
이리 가다 저리 가다 지치면
그냥 보이는 산 베개 삼아
아무렇게나 팔다리 뻗었다.

한라산 베개 삼아 뻗으면
백두산 천지에 양발 잠기고(온몸이 풀렸다!)
백두산 베개 삼아 뻗으면
백록담에 양발 잠기고(온몸이 풀렸다!)
서해 바다 동해 바다에 양팔 잠겼다.

가다 가다 짜증나면
남녘 바람 북녘 바람 불러모아
한바탕 회오리춤판 벌이니
남녘 깨알 북녘 깨알 어깨춤 벌이고
남녘 소 북녘 소 궁합을 맞추었다.

그랬다.
그리움 거침없이 피워올리니
복되어라, 흰 눈 내려
우리 땅 흰옷 입고
산천초목 꿈틀꿈틀 꿈틀춤 추었다.

홍성담의 판화

감옥에 갇혀 있다.
흐르는 세월과 상관없이
그는 손도 발도 묶인 채 갇혀 있다.

그는 갇혀 있으므로 마음은 자유로울 거야.
국토를 저벅저벅 거닐다가
판화 새기듯 휴전선을 도려파며
걸개그림을 조선의 하늘에 걸고 있다.

밤하늘엔 둥근 달이
나뭇잎에 가린 채 떠 있고,
빈 지게 위에 떠 있고,
작대기는 어깨에 걸쳐 있다.
오른손엔 주먹만한 보따리 매달리고
바짓가랑이 걷어올리고
맨발로 저벅저벅 집으로 돌아오는

「내일이 추석인데」라는
그의 판화가 감옥에 갇혀 있듯
나의 방에 걸려 있다.

가을 자장가

신새벽
산천은 찬서리 털며 일어나
한낮의 태양에 물들고
앞산 뒷산 앞들녘 뒷들녘
다투어 단풍물 들었다.

너나없이 서둘러
돌아가려는지
그늘까지 붉은 산천.

해질녘
저 혼자 저물어가는 산에서
낙엽들
이제 누울 자리 보아
몸들을 서걱인다.

달이 뜨면 흰 달이 뜨면
총총총 별들도 빛나고
검붉게 드러누운 대지도 빛나리.

우리 단풍물 든 목소리로

자장, 자장, 자장가를 불러
모든 것 가을 품에 잠재우리.

노래가 되었다

거침없이 흐르고 아무 데나 스미는 물,
상하 좌우 가릴 곳 없이 생겨나서
아무 데나 가서 부딪치며 흔드는 바람,
어둠속에서는 꼼짝달싹도 못하다가도
날만 새면 되살아 무적인 빛,
결코 되돌아보지 않고 앞만 보며 내닫는 시간,

이런 것들과 함께 어우러져 친하다가
나는 노래가 되었다.

마른 강을 적셔주고
박힌 바위, 엎드린 돌멩이들 흔들어주고
어둠이 더욱 어둠이게 하고,
달이 더욱 달이게 하고,
별들이 더욱 별들이게 하고,
전 국토의 아스팔트를 뚫고 샘물 솟도록,
너와 나, 우리들 사이를 좁히는 음계가 되도록,
토라져 누운 국토 바로 눕도록,
남녘과 북녘을 동시에 울리도록,
굳을 대로 굳은 역사 풀리도록,

오오, 이승과 저승의 거리를 좁혀주는
노래가 되었다.
궂은 날 개인 날 가리지 않는
노래가 되었다.

청명한 날에

차마 잔기침도 할 수 없어.
구름들도 저 너머 산너머
어디쯤 살포시 앉아서
가녀린 숨결조차 참아내는

쉬, 쉬, 쉬,
세상일 모조리 챙겨서
입 다물고 빨래하는
저 푸른 하늘을 바래면

어지러워라,
어지러워라,

이제껏 구겨진 마음들 달래며
살아온 평생이 어우러져
세상의 푸른 대나무 모두 모아
쪼개는 소리 쏟아지네.

홀로 있을 때

불고집 하나로도
이 어지러운 세상 거뜬히
버틸 수 있겠다.

늘 우중충한 하늘만 탓하여 무엇하랴.
홀로 바위처럼 이 땅에 박혀
하늘이나 쳐다보며
모여드는 풍경들이나 둘러보면
모든 것이 내 눈 속에 들어
차라리 풍년인걸.

세상은 이리 정겹고
세상은 저리 드넓고나.

다만 홀로 있을 때
나를 버릴 때.

사투리 천지

칠팔월 장마 맞는
개구리들 울음소리.

도무지 알아들을 수 없는
한 삼십년쯤이나 쉴새없이
울어쌓는 사투리.

라디오를 틀어도
텔레비전을 틀어도
아직 욕심을 덜 채웠는지
짜증나는 사투리.

길을 걸어도 산에 올라도
새벽 약수터를 찾아도
아서라, 이젠 아주 일방적인 사투리.
표준말을 깔아뭉개고
천년 만년 버틸랑가.

지긋지긋한, 이 사투리판에서
몸과 마음 피할 길 없어
차라리 하늘이 무너져내리길……

달동네

달이 좋아 오르고 또 올라
쫓기고 쫓기어 산꼭대기까지 올랐다.

더는 오를 수 없는 이곳에서
새끼를 낳자, 무정한 여보! 여보!
부르며 새끼나 낳자

올망졸망 새끼를 낳아
전경처럼 보초 서게 하리니.

더는 오를 수 없거든
새까만 눈동자들 달동네에
그냥 두고 그냥 두고
아니, 어떻게 어떻게 살아가겠제.

하늘까지 오르리
한 많은 육체 여기 두고
달이 좋아 하늘까지 오르리.

누더기인 육체 땅에 두고
가난해서 착한 마음씨 달빛과 어울리리.

골목을 누비며

어렸을 적 동무들 다 어디 갔나.
그 활달했던 팔다리들 다 어디로 숨었나.
그 부끄럼 많던 계집애들 다 어디로 갔나.

도무지 알 길 없어
신새벽부터 동무들 발자국 따라
골목 골목을 누빈다.

들려오려나
쏟아지려나

울타리 넘어
골목까지 얼굴 내민
붉은 장미꽃 한 송이.

내 몸이 흔들릴 때

쑥대머리 귀신 얼굴 어쩌고 하는
춘향이 옥중가나
김수철의 황천길 슬픈 가락이나
상여가를 종일 틀어놓고
긴 구둣주걱으로 허벅지 치며
장단 맞춰 흥얼거리다보면
내 벌써 저승 가까이 다 와 있더라.

저승이 따로 있나
이승이 따로 있나
저승이 이승이고 이승이 저승인걸
슬퍼 말아라
우리 모두 산송장 아니더냐.

송장이 벌떡 일어나 춤을 추니
저승이 무너져 이승이
이리 넓어졌구나.

공중에 핀 꽃

뿌리들은 마침내
향그러운 몸뚱어리 드러내
공중으로 뻗었다.

저 푸른 하늘을 향해
뿌리들은 꽃숨을 뿜어서
오월을 환히 열었다.

뒤틀리는 가슴 쥐어뜯으며
밤낮없이 오늘도 엎드려
뒤척이면서 깃발 대신 뿌리 세웠다.

벌 나비 한껏 취해
보라, 오월 하늘을 어지러이 날아다닌다.

이슬처럼

이슬처럼,
이슬처럼,
밤새껏 울고 울어서
보석을 만들 수만 있다면

내 평생토록 흘렸던 눈물을
무덤에 들 때까지 흘려야 할 눈물을
한데 모아
이 세상을 파도치리라.

온 세상을 안쓰러이 매달고 있는
이 이슬 앞에서
파도치리라 파도치리라.

아침 산보

우리 광주대학교 뒤편은
논밭이 누워 있다.

누가 슬픔이라 했는가.
파릇파릇 새싹들을 토해내는
저 땅덩어리를.

틈만 나면 학생들은
논두렁 밭두렁을 타며
길길이 뛰지만
소리를 다 쏟아붓지만

말없이 누워 있는
저 침묵의 덩어리를
누가 슬픔이라 했는가.

새벽 속을 헤매는
나의 이 울부짖음을
누가 슬픔이라 했는가.

밤중에 산에 올라서

크나큰 슬픔으로 웅크리고 있는
캄캄 밤중을 지나
역시 크나큰 슬픔으로 엎드려 있는
산을 오른다.

돌멩이들도 나무들도
일제히 잠들어 있는
산길을 걸어 그리움 찾아
정상에 오른다.

잠든 도시 위로 무덤 위로
많은 별들을 이끌고
수심에 찬 달덩이가
둥둥둥 차오른다.

끝끝내 우리들의 노여움은 보이지 않고
산들만이 엎드려 뒤척이는
이 긴긴 밤을
하늘 끝 저편에서 그리움처럼
별들은 별똥들을 싸댄다.

192

힘없는 시

지난날의 내 시를 읽었던 사람들
아니, 내 시의 소문만 챙기던 사람들
아니, 내게서 더러 시를 배우는 학생들
우리나라 사람들.

걱정도 많아라.
왜 너의 시에는 힘이 없냐고
왜 너의 시는 물컹해졌냐고
왜 너의 시는 세상을 사로잡지 못하냐고.

걱정도 많아라.
최대의 힘은 최선?
중동에 가서 백인병사에게나 물어라.
힘이 넘치는 군인
깡깡한 전쟁
세상을 사로잡는 죄악의 천국.

지난날 나의 시는 힘을 뺀 시였는데
지난달 나의 시는 물컹한 시였는데
지난날 나의 시는 사로잡는 시가 아니었는데,

돌아오는 주말에도 가벼운 차림으로
산을 오르리.

바위들이 함성을 내지른다면

단 한 발짝을 움직이기 위하여
몇천만년이고 그 갑갑함도 참아내며
금방 터질 듯 터질 듯한
아찔한 울음보도 잘도 견뎌내며

이 땅 어디에나 시커멓게 널브러져
어느 마음씨 좋은 이웃들처럼 화냄도 없이
한치의 동요도 없이 밤낮없이 처박혀 있는
저 바위들이 이리저리 움직이면서
마침내 함성을 내지른다면

과연 지금 질서 안에서 움직이는 사물들은
과연 지금 모습대로 버티는 사람들은
있을 것인가, 없을 것인가.

저 시커먼 빛깔들이
일제히 일어나서 터진다면
성한 눈이나 성한 귀들은
있을 것인가, 없을 것인가.

그럴 것인가.

세상 모든 것 다투어 검은 빛깔이 되어
서로 알아볼 수 없는 사이들이 되어
한번은 섞였다가 이내 흩어져
캄캄한 밤바다 위를 떠도는
이젠 영원토록 만날 수 없는
신세가 될 것인가, 안될 것인가.

수평선

있는 정성 다 털고, 없는 정성은 빌려다가
넉넉한 사랑 되라고
바다 만들어 눕혀놓았더니

하늘도 지쳐 내리앉아
한일자 굽어 활시위 되어
또 하나 분계선 그었구나.

플랑크톤에서 미역, 김, 다시마까지
멸치에서 고래까지

한데 어우러져 살아라고
바다 만들어 얌전히 눕혀놓았더니

모두들 화살이 되어
날아서 박히고 때론 꺾이고 자라서
푸른 대밭 되었구나.

그 많던 선비들 보이지 않고
부두에 늘어선 산맥 같은 손들
허공에 나부끼는 깃발이 되고

저 바다 끝까지 날아간 갈매기떼
나래 접혀 꽁꽁 언 우박이 되어 쏟아진다.

이런 수평선을 바라보면
끝끝내 없는 신
분노는 타올라 목만 길어진다.

단 한 방울의 눈물

단 한 방울의 눈물은
내 유년시절 즐겨 옷 벗던 실개천이었다가
들판을 굽이치는 강물이었다가
바다였다가,

그 아무도 모를 일,
가뭄에 목 타는 모든 풍경들 위에 쏟아지는
소나기가 되어
지쳐 누워 있는 산들을 일으키다가
엎어진 들판을 다시 뒤집다가

어느날 밤은
캄캄한 숲들과 함께 울음바다로 출렁이다가
다시 내 눈에 잠시 들어 쉬다가

깨어나라 깨어나 걸어라,
내 발등을 찍는 도끼였다가

빌고 비는 손바닥에 땀으로 솟았다가
천지를 뒤덮는 연기였다가,
아스라히 스러지는

마지막 별빛이었다가

오늘도 함박눈으로 내린다.
잠이 없어 뒤척이는 세상의
자장가로 내린다.

겨울산

사람 동네 그리워 살냄새 그리워
흰 눈 뒤집어쓴 산들.
닫힌 문 앞까지 찾아와 큰절하는 침묵들,
내 마음 한 홉 주면
두어 섬지기로 쏟아붓는 너그러운 정.

새소리 풀잎 떠는 소리 데리고
우리를 맞아 산마루 높이 세워두고
팔다리 벌려 계곡을 거쳐
터벅터벅 예까지 뻗었다!

방구석 서랍 속에 말아둔 하얀 한지 풀어
얼굴 감싸고
아이 나는 부끄러워, 아이 나는 부끄러워.

들판에 서서

들판에 홀로 서서
땅 한번 굽어보고 하늘 한번 쳐다보며
느닷없이 군자가 되어,

"땅은 그 두터움을 스스로 말하지 않고
하늘은 그 높음을 스스로 말하지 않는다."

세상 시름 꼿꼿이 불러세워놓고
큰 시름 잠시 잊은 채 중얼거리다보면

이 한몸 온통 죄덩어리여서
스스로 지피는 불덩어리 된다.

타오르자
오간 데 없는 님아
밤낮없이 시름뿐인 이 들판에서
이 세상과 함께.

아침 밥상머리에서

어머니
우리 어머니.

처녓적 생사공장에서
번데기를 끓이던 어머니.

둘째놈의 밥상머리에서도
마냥 근심어린 가슴으로
손주들의 오르락내리락 숟가락질
찬찬히 바라보시다가

아서라 속 엎힐라
살살 씹어 삼켜라.

세상만사가 다 걱정이신
어머니
우리 어머니

오늘도
아침 밥상머리에서
침침한 눈으로 그 작기만 한

바늘귀를 실로 쑤셔대며 헛지르며

오십이 넘은 둘째놈과
손주놈들이 늘 마음 안 놓이시는
어머니
우리들의 어머니.

떠난 사람

꽃피면 돌아오리라
마을 텅텅 비어 귀신만 들락날락하면
돌아오리라 하고 떠난 사람.

꽃이 벌써 스무 차례나 피고
꽃이 벌써 스무 차례나 열매 맺어
스무 차례나 땅에 묻혔다 피어나도
영영 돌아오지 않는 그 사람.

나의 곁에 땅심 다한
흙 몇줌 남겨두고
숨결만 가득 퍼뜨려놓고

길고 먼 길을 따라
그림자만 길게 터벅터벅
석양 따라 떠난 사람.

혼자 타오르고 있었네

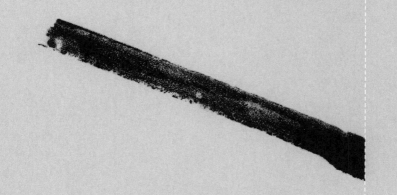

도토리들

얼레얼레 엇놀려 어르는
날다람쥐
참다람쥐
하늘다람쥐의 앞다리에 들려
볼주머니 속으로 들어갔다가
가까스로 주둥아리를 빠져나온 것들.

어디쯤 구르다가
할딱이는 숨 고르며
놀란 가슴 쓰다듬으며
낙엽 뒤집어쓰고
싹 틔우고 있을까

한 세기가 넘어가려 하고
한 세기가 넘어오려 하는
아스라한 산꼭대기 바라보며
사오부 능선쯤에서.

메아리

내 어렸을 적
산속에서 길을 잃고
엄마야! 엄마야! 엄마야!
울부짖던 그 소리

온갖 산짐승들 놀라게 하며
온갖 나뭇잎들 흔들며 나아가던
그 정처없이 무서웠던 소리

건너 산
바윗벼랑에 부딪쳐
어엄마아야아~ 어엄마아야아~ 어엄마아야아~
되돌아오던 그 소리

지금껏 내 귓바퀴에서 서성이며 살다가
이제야 어머님 무덤가에 사시사철 맴돌며 산다.
엄마야, 엄마야, 엄마야,
오냐, 오냐, 오냐……

분꽃씨

햇볕 수줍어 몸 오므렸다가
해 지면,
빠알강
노오랑
하양으로
화알짝 웃던 그대.

밤새도록 무슨 사연 있었길래
꽃새끼, 검은 새끼
때 되어 쏟는가
씨젖 가득 채워 낳는가.

이웃집 할머니,
시어머니, 친정어머니가
다리 틈새에서 함박웃음으로
손자 받아내듯 받는 이 있다.
다칠세라 조심조심 받는 이 있다.

오메, 내 새끼
오메, 내 새끼
하며.

붉은 고추

붉은 고추
이리저리 누워
하늘 우러르고 있다.

조용하고
수줍고
가냘퍼서
보일락말락 이쁜 꽃이었는데

매운 세월 견디며
매운 숨결 몰아쉬더니
이제는 마당가에 누워 있다.

어린 새끼
가득 밴 채.

눈 부셔
눈 감으면
북녘 하늘 밑
마당가에도 누워 있다.

어린 새끼
가득 밴 채.

지렁이 예수 1

작은 은자는 산 속에 숨고
큰 은자는 사람 속에 숨는다

작은 지렁이는 습지에서 살다 죽고
큰 지렁이는 아스팔트 위에서 죽는다?

물 젖은 몸뚱어리 이끌고
아스팔트 위를
1mm 1mm씩
꼼지락꼼지락 나아가는데

발빠른 개미들 더듬더듬 더듬이로
굶주린 동료들 불러모아
물고 늘어진다.

두만강, 압록강, 한강, 낙동강
금강, 영산강, 섬진강
보다도 더 길고
백두산, 태백산, 지리산
한라산, 무등산
보다도 더 덩치 큰,

아아,
우리네 휴전선보다도

더 길고 완고한 몸뚱어리를
모래성 쌓아놓고
뜯는다.

나도 저처럼
내 몸 맡겨 뜯겼으면
나도 저처럼
부활해보았으면

뜨거운 태양 아래서
아스팔트 위에서.

지렁이 예수 2

얼마를 더 가야
얼마를 더 가야
그리운 땅, 약속의 땅 다다를까.

꽃잎보다도 더 보드라운 살
아침햇살에 빛내며
一자로 一자로
오무작오무작
나아간다.

나아가다
나아가다
차바퀴에 몸이 잘려도
반 몸으로, 반 몸으로
오무작오무작
나아간다
나아간다.

안방에서 고추 열리다

시멘트벽으로 둘러싸인
안방 창가,
화분에 어리디어린 고추 모종
한 개 옮겨 심어놨더니,

다섯 갈래 하이얀 통꽃
피는 듯 마는 듯 보이는 듯 안 보이는 듯
겨우겨우 피워내더니
밤새고 나니
원뿔꼴 진초록 고추
풍매 충매도 없이
앙증스레 세 개나 매달았다.

저 고추
이제는 또
스스로 스스로
붉은 얼굴 피워낼까.

고추잠자리는
창밖에서 잠잠

꽃들이 아문다

소리도 없이
함성으로 터졌던
꽃들

하얀
노오란
빠알간
그리움으로
흔들리던
이쁜이들,

이젠
깨끗한
침묵으로
아문다.

어머니의
임종처럼.

비 그친 뒤

짙은 먹구름이
유월의 하늘을
자기 안뜨락인 양 휩쓸다가
빗기를 내비치더니
빗줄기를 세워
빗금무늬로 자기 몸 갈기갈기 쏟더니만
빗자국만 지상에 남기고
사라져버린
오후 한때,

개미떼들, 작은 벌레들 군단을 이루어
지상의 모든 나무 오르내리며
지상의 모든 풀줄기 오르내리며
간지럼 먹이네.

푸른 잎새들 간지럽다며
몸 비틀며 푸른 아우성
햇볕 함께 쏟아내네.

매미 1
한라산 매미들, 지금도 궁금하다

일천구백육십년 팔월
한라산 오르며 나는
나무에 붙어 까맣게 까맣게 울어쌓는 매미들을
그냥 뜯어(잡아)서 주머니 속에 가득가득 채웠다.

백록담에 다다를 때까지
한없이 한없이 따넣었다
서귀포에 이를 때까지도

매앰맴 매앰맴 맴맴맴맴맴……
미움미움 미아아암 미아암 밈밈밈밈밈……
캄캄한 주머니 속 안에서 울었다.

정방폭포 위에 서서
사월의 함성이 아직도 맴도는
푸른 하늘을 향해 날려 보냈다.

어떤 녀석은, 수평선을 향해 까만 까만 점으로 날았고
어떤 녀석은, 아스라이 높고 푸른 하늘 향해 함성으로 날았고
어떤 녀석은(영특한), 내 머리를 스쳐 한라산 쪽으로 날았고
어떤 녀석은(미련한), 폭포에 휘말려 바다 속으로 곤두박질치던

한라산 매미, 매미, 매미들
사십여년이 지났건만
그 울음소리는 지금껏 남아 있건만

그 행방이 묘연해서
지금껏 궁금하다.

매미 2

매미들
덩치 큰 나무 등에 붙어
투명한 세모시 그물망 비벼대며

말매미
참매미
유리매미
쓰름매미,

이 나무랑 저 나무랑
이 가지랑 저 가지랑
날아 옮겨 노래하며 울다가
또 옮겨 날며 울며 노래한다.

기쁨도 슬픔인 양 울고
슬픔도 기쁨인 양 노래한다.
꽁무니 오므락 펴락, 펴락 오므락 들썩이며
이 지상의 모든 슬픔
이 지상의 모든 기쁨
들어올려 비벼대며 날리며
이 여름 가는 것 안타까워
온몸 떨며 들썩이면서……

매미 3

늦여름과 초가을의 틈새에서
서울 근교 매미들은
아름다이 노래하는 목청을 잃어버렸다.

미아암, 미아암, 미아암미아암미아암……
매앰맴, 매앰맴, 매앰매앰매앰매앰……
쓰리 쓰리랑 쓰리쓰리 매앰맴 매앰맴……
아리 아리랑 아리 아리랑 매앰맴 매앰맴……

졸도할 듯 악쓰며 울부짖는
매미들의 등쌀에
서울 근교의 산들은
온통 초상집이다.
울부짖는 상여다.
온통 들썩이는 무덤이다.

매미 4

늦여름 매미는
밤낮을 가리지 않고

포클레인처럼
꽁지 오므리며
이승을 들어올린다.

웃쌰아 차차 매앰 매앰
웃쌰아 차차 매앰 매앰

콘크리트 옹벽에 바싹 붙어
이승을 단박에 들었다 놓더니

가을 속으로
저승 속으로
흔적도 없이 사라졌다.

봄빛

봄빛은
어미 품속
파고드는 노랑, 하양, 검정 병아리들.

봄빛은
노릇노릇 파릇파릇 노릇파릇 돋는
어린 새싹들 낯빛

시골 장터 좌판 위의
뽑혀온 어린 푸성귀들도
뽑힘의 고통도 잊은 채 찬연하다.

쪼그리고 앉은 아줌마의 쪼글쪼글한 볼에도
봄빛,
풀빛,
다채롭다.

꽃길 따라

흰 꽃잎
분홍 꽃잎
노랑 꽃잎
빨강 꽃잎
점점이 누워 노는 산길 걷는다
신발 들고 맨발로 걷는다
발바닥 간지럽다 향기롭다
흙이 웃는다 흙향기
꽃잎들 웃는다 꽃향기
에 취해 취해
깊은 산골 파고든다

백목련꽃

큰키나무 목련에 기대어
가만가만 귀기울여본다.
나무들 몸속에서 생의 우물
퍼올리는 두레박 소리 들린다 싶더니

푸른 잎사귀보다 먼저
6·25 때 주먹밥 같은
흰 꽃송이,
흰 꽃송이들
피워낸다.

이 주먹밥 몇덩어리 챙겨들고
머나먼 길 떠나는 길손이고 싶다.

부활절 전야

더도 아니고
덜도 아닌
꼭 우리 엄니 얼굴 같은
만월이 그 자애로운 가슴 풀어
때 묻은 내 얼굴 씻기신다.
여직껏 남들한테 들키지 않았던
내 몸 구석구석 때까지 씻기신다.

부르면
눈물 먼저 나는 어머니!

달무리 근처 빙빙 도는
저 찬란한 별떼들,
그 그리움!

연등

마을에서 멀리 떨어진 산속
개복숭아꽃 저 혼자 타오르고 있었네.

연분홍꽃
점, 점, 점, 점점이 불 밝혀
화르르 화르르 몸 섞고 있었네.

사월 초파일날 켠 연등보다
더 환했네. 더 고왔네.

오래도록 내 숨결
내 스스로 가빴네
내 스스로 황홀했네.

임진강가에서

오늘도
임진강은 흐르고
새떼들도 남북으로
북남으로 흐른다.

백골은
남쪽 사람이었을까
북쪽 사람이었을까
반세기 동안 동토에 묻혔다가
어느 병사의 곡괭이에 찍혀 나와
햇빛 받으니 동자승 같다.
눈 시리다.

그 백골이
휑한 두 눈구덩이로
바람과 함께
으악새와 함께
휙, 휙, 휙휙휙 휘파람 부니

북녘의 산들이 들썩이고
남녘의 산들도 들썩인다.

이쪽과 저쪽

새벽 네시쯤
도시의 끝과 농촌의 시작인 길을
잰걸음, 느린 걸음으로,
뒷 걸음, 옆걸음으로도 걷는다.
거무칙칙한 길을 걷는다.
질척질척한 농로를 걷는다.

토종개구리
황소개구리
쥐
지렁이
뱀들

이쪽에서 저쪽으로
저쪽에서 이쪽으로
밤새 건너다
차바퀴에 깔려
죽어 붙어 있는 길을
걷는다.

개구리들, 불어터진 국숫발처럼 창자 드러내놓고 죽어 있다.

지렁이, 뱀들은 길게 죽어 있다.
쥐들, 쥐포처럼 납작하게 죽어 있다.

그곳을 나는 새벽 네시쯤 걷는다.
아직까지 무사한
완두콩만한 개구리 새끼들이 팔짝팔짝 뛰면서 건넌다.
그곳을 지렁이들 멈춘 듯 기는 듯 건넌다.
이쪽에서 저쪽으로,
저쪽에서 이쪽으로.

새벽 가로등 불빛

짙푸른 모가 새벽 일찍 깨어 다투며 크는
논가, 가로등 꼼짝없이 서 있다
뽀얀 우윳빛 얼굴 빛내며,

날개 없는 빗발은 하염없이 추락하고
1밀리나 2밀리쯤 날개 달린
날벌레 또는 하루살이는
가로 지르고 세로 지르며
솟구치고 내려꽂다가
날개 젖는다.

젖은 날개 몸통에 붙이고 몸통으로 오른다.
오르다가 하늘이 캄캄하여 다시 내려와
새벽 가로등 불빛을 보듬고
그냥 뽀얀 불빛이 된다.

무등산

우람히 누워 있는 저 무등을
어린 풀들이 잔뿌리 발버둥치며
하늘로 하늘로 끌어올리려 숨가쁘다.

우람한 저 무등을
새들이 가녀린 날개에 품고
하늘로 하늘로 옮기려 가슴 탄다.

처녀작

나의 처녀작은 「백록담」,
삼행짜리 시조풍의
이 처녀는 온데간데없다.

일천구백육십년 사월혁명 참가 후
무전여행중 제주도에 들러
삼성혈 들여다보고
관음사 일박 후 개미목 거쳐
백록담 이르러
맑고 밝은 물로 낯바닥 씻고
뜨거웠던 사월의 마음 식히고
사월 함성 맑게 닦아
마음속에다 썼던 짧은 시,
여행 끝나고
이백자 원고지 한 장에다
써놓았던 삼행짜리 처녀
이 처녀는 지금 집 나간 지 오래다.

백록담이 영원히 거기 있듯
이승의 내 마음속이나
저승의 내 마음속에

영원히 남으리
나의 싱그러운 처녀, 처녀인 「백록담」.

소나무

나무들
긴장하여 비탈에서도 꼿꼿하게 서 있지만
늘푸른키큰나무 소나무는
비탈에서건 평지에서건
오만가지 형태로 자유로이 늘어져
제멋대로 서 있다.

소나무 무성하면
잣나무도 기뻐 어찌할 바를 모른다 했던가.
소나무 자유로이 무성하니
우리네 삶도 그랬으면……

작은 바람결에도
주렁주렁 솔방울들 매달며,

겨울길

길을 잃고 숨가삐 찾아보았으나
오솔길은 숨어버렸다.
겨울잠에 든 꽃뱀이거나 살무사의
꼬리와 함께,
또는 개구리의 뒷발 끝과 함께
사라져버렸다.

끝까지,
마른기침을 하는 풀열매거나
끝까지,
매달려 몸부림치던 무슨무슨 산열매의
모습과 함께 사라져버렸다.

하늘의 길까지
눈보라에 휘말려
흩어져버렸다.

눈길

눈길을 걸으면
눈들은
뽀드득 소곤소곤
뽀드득 소곤소곤

무슨 뜻일까
눈들은 말을 않다가도
밟히면
뽀드득 소곤소곤
뽀드득 소곤소곤

무슨 이야기일까
멈추어 귀기울이면
눈들은
흰 입술 꼬옥꼬옥 다물고

눈길을 걸으면
뽀드득 소곤소곤
뽀드득 소곤소곤

뒤돌아보면

걸음걸음
흰 입술들만 조용조용 따라오네.

눈사람이랑

눈사람이랑 놀아야지
햇님이 오기 전에
울엄마가 오기 전에
어서어서 놀아야지.

햇님이 오면은
눈사람은 물이 되어
숙제하러 집으로 가야 하고
울엄마가 오면은
나는 피아노 치러 학원으로 가야 해

햇님은 미워미워
울엄마도 미워미워

햇님이 오기 전에
울엄마가 오기 전에
눈사람이랑 놀아야지

산속에서는

시도 때도 없이
나뭇가지 끝에서
이승의 벼랑 끝에서
지구의 무게를 등에 업고
수수만만의 낙엽들,

우주여, 아프겠다, 아프겠다,
저승이여, 바쁘겠다, 바쁘겠다,
아파서 어찌할거나 쓰다듬으면서
바빠서 어찌할거나 망설이면서.

우수수수 거꾸로 뛰어든다
때로는 공중돌기를 하면서
핑그르르 핑그르르 뛰어내린다
우주의 한복판을 향해,

발가벗겨지는 나무들은
메마른 가지손을 흔들어주고
부처님들의 빙그레 미소들은
이 산 저 산에서 바쁘다.

소멸

산들과 잠시나마
고요히 지내려고
산에 오르면

산들은 저희들끼리
거대한 그림자를 만들어
한점 티끌도 안 보이게
나를 지운다.

바람을 따라가보니

바람을 따라
바람이 바람의 바람의 뒤를 바짝 따르듯
나도 바람처럼
바람의 바람의 뒤를 바짝 따랐네

바람을 따라
단맛 쓴맛 팅팅 오른 꽃밭을 지나
팔랑거리는 개울 물살 위를 지나
비틀거리는 마른풀 향기를 지나
바람의 바람의 뒤를 바짝 따라가보니

팔십 평생 걸음 멈추시고
어머님! 쉬시는 곳,
그곳에
노오란 잔디,
단풍 물든 햇볕,
먼저 온 바람들이
노닥거리고 있었네.

단풍

단풍들은
일제히 손을 들어
제 몸처럼 뜨거운 노을을 가리키고 있네.

도대체 무슨 사연이냐고 묻는 나에게
단풍들은 대답하네
이런 것이 삶이라고.
그냥 이렇게 화르르 사는 일이 삶이라고.

가을 1

푸르른 푸르른 저 하늘로
배라도 밀고 나아가겠다는 것일까.

거미들은 마지막 생애의 정성을 다하여
그물을 짜는 어부가 되고,

날개 없는 모든 것들은
푸르른 푸르른 저 하늘에
배를 띄우고,

사람들은 먼 수평선으로부터
눈길을 거두고
이제는 제 그림자를
단풍숲에 길게 눕힌다.

가을 2

싯푸른 잎새에 내려와
뒹굴며 놀던 햇빛도
허공중에 아스라이 떠돌고

낮하늘의 별들은 숨어서
맑은 귀 열고
지상의 풀벌레소리 듣는다.

여름의 허물인
이 가을은
밤낮을 안 가리고
나를 가비얍게 들어올리고 있다.
이 지구까지를
가비얍게 들어올리고 있다.

가을 3

가을 햇빛은 모두
어김없이 도시의 하늘을 비껴가서
들판에 몰려 있다.

거기 끼리끼리 퍼질러 앉아서
살 오르는 오곡들에게 풀열매들에게
찬란한 젖을 물리고 있다.

가을 햇빛은 모두
어김없이 궁핍한 농촌의
과일나무에 몰려 퍼질러 앉아서
살 오르는 과일들에게
부산하게 찬란한 젖을 물리고 있다.

바람과 들꽃

바람들은 천상 세살바기 어린아이다
내 바짓가랑이에, 소맷자락에, 머리카락에
매달려서 보채며 잡아끌며
한시도 가만있질 못한다.

허리 굽혀 보아라
내 작은 눈길에도 가볍게 떨고 마는
작고 작은 들꽃들에게도
바람들은 매달려서 보채며 잡아끌며
한시도 가만있질 못한다.

둘러보아라
돌멩이들도 거대한 숲도 산도
이 바람과 들꽃들의 향연 앞에서는
속수무책으로 당하고 있는 것을.

선묵당

禪墨堂 가는 길
주암댐가의 꼬불꼬불 지방도로에는
붉은 백일홍들이 흐드러지게 피어
수면에 얼굴을 비춰보느라 정신없다.

저 건너 산에서도
푸른 온갖 잎새들이
수면에 얼굴을 살랑거리느라 부산하다.
전남 보성군 문동명 용암리 가내부락엔
一止처사가
禪畵를 그리며 은거하는
선묵당이 있다.

그 선묵당 도랑물 바로 건너는
서재필 박사의 생가,
청청한 대나무 울타리로 싸여 있다.
백년도 더 넘었을 늙은 감나무들이
어린 재필이를 감싸안았듯
주렁주렁 감들을 감싸안고 있다.

선묵당 마당 귀퉁이

어린 풀잎 끝에 꽃잠자리 몇마리
파르르 날개 떨며
큰 겹눈을 요리조리 굴리고 있다.

동구나무

산자락 아래
순하게 순하게 엎드린 마을의 등허리를
언제까지나 토닥거리며 서 있는 동구나무
우리 어머니들이 서 계신 뒷모습을
오래 오래도록 보아서
어머니들을 꼬옥 닮은 동구나무.

벌판으로 가자

풀잎들이 흔들리고 있는
벌판으로 가자.
바람으로 가자.
흰구름으로 가자.
땅속 깊이 흐르는 물로 가자.
푸른 목소리로 가자.

오늘도 풀씨들을 매달고
하염없이 서걱이고 있는
풀잎 곁으로 가서
우리 함께 흔들리자
우리 함께 서걱이자

외로움도, 가난도
찬란한 영광으로 터지는
저 벌판으로 가자.

도심에 내리는 눈을 보며

내리기 싫은 듯
빌딩 위를 해찰하면서 서성거리다가
도로 솟구치다가
또 도로 빗겨 내리다가

이번엔 빌딩 사이를 해찰하면서 서성거리다가
도로 힘차게 솟구치다가
빌딩 밑 화초밭
잡초 쪽으로 몸을 틀더니
무슨 깜냥이라도 있는 듯
깜냥깜냥이 내려앉는다.

얼마나 많은 세월을 떠돌며
해찰하며 깜냥하며
이 세상을 깜냥깜냥이 떠돌았는가,
지금에 이르렀는가,
우리도.

성에

신새벽 문득 깨어 일어나니
흰꽃들이 유리창에 어른거린다.

지난밤 창밖의 고향에선
무슨무슨 사연들이 있었길래
이토록 허연 소문으로 피어났느냐

눈부신 창밖이
보인다, 들린다.

어렸을 적 헤엄치며 놀았던
저 극락강이 얼다 얼다 열이 나 깨어져
성엣장들이 서로의 몸들을 어루만지며
하염없이 떠내려가는 모습이,
성엣장들이 몸들을 부딪치며
강 끝으로 끝으로 떠내려가는 소리가.

들깻잎 향기

여름 한낮
깻잎쌈을 싸면
유년의 길목이 열린다.

황토밭 끝머리쯤이나
돌밭 귀퉁이쯤이나 어디
산 아래 묵밭뙈기쯤에서

키 작은 잡풀들을 발 아래 거느리고 서서
깻대는 깻잎은
풀풀풀 향기를 날렸지.

허리 굽혀 깻잎 솎던
어머니의 굽은 등은
이젠,
아스라이 멀기만 한 산등성인데

들깻잎 향기는
바람 타고 그 산등 넘고
물 건너 들판 지나와서
우리 식구 밥상에서
더욱 향기롭다.

부처님 손바닥에서

대낮이다.
동리산 태안사 대웅전
부처님 손바닥.

빛과 그림자
한숨결로 낮거리 한창이다.

문 틈새로 날아든
산바람은 고요와
뒤엉켜 낮거리 한창이다.

염불소리
목탁소리
한소리로 낮거리 한창이다.

이승과 저승이,
극락과 지옥이,
엎치락뒤치락 낮거리 한창이다.

아하,
부처님도 만족스러운가

손바닥
오무렸다 폈다
부산한 낮거리들과
부처님 미소가
한덩어리로 어우러져 낮거리 한창이다.

이슬 곁에서

안간힘을 쓰며
찌푸린 하늘을
요동치는 우주를
떠받치고 있는
저 쬐그만 것들

작아서, 작아서
늘 아름다운 것들,

밑에서 밑에서
늘 서러운 것들.

고개 숙인 부처

나는 결가부좌를 틀고 앉아
부처님과 미소짓기 시합을 한다.

고요함의 극치지만
미소들이 풀풀풀 날아다니다 멈추는 곳
내 유년의 발걸음들도 멈추는 곳,

이곳에 내리는 눈도 미소다
이곳에 내리는 비도 미소다
이곳에 내리는 햇살도 미소다

고개 숙인 부처님과
고개 든 나는
미소로 만나
미소로 헤어진다.

쑥

쑥들끼리 모여서
쑥세상을 이루었다.

모진 생명끼리 모여서
밟히면 밟힐수록
쑥덕쑥덕거리다가
쑥덜쑥덜거리다가
쑥얼쑥얼한다.

머언 머언 옛날, 옛적
쑥 한줌과 마늘 스무 개를 먹고
굴 속에서 백일 동안
햇빛 보지 않아
곰은 우리네 할머니가 되었다는
이야기가 햇빛에 반짝반짝
흐른다.

그 쑥밭에 누워
그 쑥내음에 취해
우리네 하늘을 쳐다본다.

어머니를 찾아서

이승의
진달래꽃
한 묶음 꺾어서
저승 앞에 놓았다.

어머님
편안하시죠?
오냐, 오냐,
편안타, 편안타.

봄

봄이라는 계절은 하늘과
땅 사이에서 가장 진한
향기가 나는 방대한
한 권의
책.

이 책을 펼쳐보지 않으시렵니까?
잔설이 애처로이 새하얗게 반짝이고
냉잇국 향내 스며도는 그런 이야기들이
송사리떼 희살대는
실개울처럼 흐르기도 한다네요

아니
봄풀, 봄꽃들이 다투어 태어나
한바탕 어울어지는 봄빛 속을
봄바람이 불어대니
처녀애들 치맛자락 들치듯
한 장 한 장 책장이 저절로 넘겨집니다.
그럴 때마다 봄향기 풀풀거리네요.

봄 내내 집을 비우고 봄나들이 해도

집에서 쫓겨나지도 않을걸요.
평생에 이런 봄 백번쯤 온답디까?

그러니 봄이라는 책 속에 묻히지 않으시렵니까?
그런 봄기운에
그냥 몸을 맡기지 않으시렵니까?
그냥 봄잠에 취해보지 않으시렵니까?
눈을 감아도
그냥 보이는, 봄이란 책 속에 취하지 않으시렵니까?

발견

하늘을 보며 고개를
숙인다.

바다를 보며 마음을
닫는다.

산을 보며 눈을
감는다.

여린 것들 앞에서는
쳐들고 열고 뜨면서도.

소가죽 북

운동장에서
학생들,
북을 치고 있다.
둥, 둥, 둥, 둥, 둥둥둥둥둥……

울타리 너머
들판
누렁소들,
되새김질 멈추고
맨살로 울고 있다.
우움머어, 우움머어,
둥, 둥, 둥, 둥, 둥둥둥둥둥……

풀꽃들의 웃음

흰눈들이 하염없이 내리는 겨울밤,
여지껏 소녀티가 반지르르한
아주머니 학생들과 찬 생맥주를 마신다.

남편도 아이들도 잊어버리자
두고 온 가정도 잊어버리자
들판의 풀꽃처럼 재잘거린다.

근심걱정이야 한갓 찰나에 씻기고 마는 것.
성자라는 이름으로부터
진원이라는 이름으로부터
옥심이라는 이름으로부터
복순이라는 이름으로부터
은정이라는 이름으로부터
자유롭자고 자유롭자고 자유롭자고
저 하염없이 내리는 창밖의
흰 눈처럼 깔깔대며
찬 생맥주를 마신다.

봄으로부터 겨울에 이르는 동안에도
한번도 누워보지 못한

저 들판의 풀꽃처럼
가끔은 눈물을 보이면서……

또 동백꽃 소식

그곳을 떠나올 때까지
그 누군가가 준 동백 분재는
아직 꽃망울을 터뜨리지 못했단다.

천성이 게을러서 생각나면 물 주고
잎을 따주어서 그런지
자기 마음 알아차려서 그랬는지
푸른 잎만 가득 매달렸단다.

외딴섬에서 꿈꾸던 동백은
그 바다에 뿌리를 두고 왔음인지
꽃 피울 생각은 안하고 저 홀로
깊어만 깊어만 간단다.

언제 그 눈부신 몸과 마음 열어
환한 검붉은 꽃 피어
그 향기 풀풀거리면
그 동백 분재 안고 와
안기겠단다.

찬바람 몰아치는 섬 쪽에서

어허, 벌써
꽃망울 터지는 소리.

벌거숭이

옷을 벗는 일이 어찌
목욕탕에서만,
옷을 벗는 일이 어찌
옷 갈아입을 때만,
옷을 벗는 일이 어찌
끌려가 처박혀 고문당할 때만이냐.

물고기들이 물과 함께 놀 때
모든 어린 것들이 바람과 함께 놀 때
산새들이 원없이 원없이 노래할 때

옷을 벗는다
누더기인 마음까지도 벗는다.

엘레지*

한낮, 고즈넉한 골목 어귀에서
울고 있다
포항제철 용광로의 검붉은 불빛으로
울고 있다.

성숙한 여인네나 숫처녀의 핸드백 속
립스틱은 그렇게 울고 있다.
광양제철 용광로의 검붉은 불빛으로
립스틱은 그렇게 울고 있다.

말뚝에 매여 있는 놈이나
집에 갇혀 있는 놈이나
늙은 엘레지나
앳된 엘레지나
그리움으로,
서러움으로,
그렇게 울고 있다.

* 수캐의 그것.

메뚜기

풀빛 따라 초록이었던 몸
이젠 가을빛으로 물들었다.

한때는
벼포기 사이사이를
이리 뛰고 저리 뛰다가
또 한때는
몇마지기 논배미나 들녘을
훌쩍훌쩍 뛰던
세월도 있었지만

한철이 지난 이즈음
밤이슬 새벽 서리에
날개 흠뻑 젖어서

숫메뚜기는 허수어미의
옷고름이나 치맛자락 파고들고
암메뚜기는 허수아비의
허리춤이나 바짓가랑이 파고든다.

가을 잠자리

몇날 몇달
몇백리 몇천리의 허공을 날고 날았을까.
텅 빈 폐가의 늘어진 빨랫줄에
잠자리 한 쌍
앉아서 쉬고 있다.

투명한 그물맥의 날개를
이따금 이따금 떨면서
작은 더듬이로
이 세월을 더듬거리고 있다.
그 큰 곁눈으로 할깃할깃,
익어가는 삼라만상을 담고 있다.

또,
몇날 몇달
몇백리 몇천리의 허공을 뚫고 날아서
저승으로 가려는가
세 쌍의 가녀린 다리로 힘껏
이승을 박차고
자물자물 하늘로 날아간다.
황금빛을 빤짝이며.

달빛과 누나

달빛이 좋아
처녓적 늘 울멍울멍했던 우리 누나는
풀벌레 밤새 뒤척이는 영남땅에
누워 계신다.

단신으로 월남한
함경도 사내 지아비로 삼아
아들딸 낳고 대구에서 사십여년 살다가

어느해 여름
처녓적 삼밭머리 뽕나무밭
산꿩소리 그리워서
삼베옷 명주꽃신 신고 누워서
달빛 같은 처녀 몸으로

남도땅 동리산 태안사 염불소리 들으며
영남땅에 누워 계신다.

그리운 쪽으로 고개를

어린 날
고향의
양지바른 쪽 다투며 뛰놀던 햇볕들
흙 한톨, 돌멩이들.

어린 날
고향 가득히
쏟아지는 달빛, 별빛들과
다투며 떨어지던 알밤들.
그 소리들,
어린 짐승들의 숨소리들.

그 작고 고만고만했던 꿈들,
지금 어디서 얼마만큼 자랐나,
어린 날의 콧물과 눈물과 함께
훌쩍거리나.

가을 앞에서

이젠 그만 푸르러야겠다.
이젠 그만 서 있어야겠다.
마른풀들이 각각의 색깔로
눕고 사라지는 순간인데

나는 쓰러지는 법을 잊어버렸다.
나는 사라지는 법을 잊어버렸다.

높푸른 하늘 속으로 빨려가는 새.
물가에 어른거리는 꿈

나는 모든 것을 잊어버렸다.

밤꽃들 때문에

야위어 야위어만 가는 섬진강가의
숫눈보다도 더 시리게
흥분한 흰꽃들은
모조리 모조리 벗은 알몸이다.

엎치락뒤치락 뒤엉켜
콸콸콸 쏟아내는 정액들 향기에
취한 벌나비떼들도
어질어질,

은어 새끼 같은 오만가지 새끼들
다투어 알밤보다 더 먼저 태어나겠다.

연년생으로
계절생으로
일일생으로
시시생으로
분분생으로
초초생으로
……………

살사리꽃*

남미에서 왔다더라
어느 후미진 산길가면 어떻고
들길가면 한길가면 어떠리
떼거리 떼거리로 피어 있는
살사리 살사리 살사리꽃

흰빛 분홍빛 자줏빛
그리고 무슨무슨 빛깔꽃을
머리꼭지에 이고 하늘하늘
하늘거리는 살사리 살사리

살살 바람이라도 불어봐라
저 큰 키 낮춰 꽃동그라미** 그리며
그 바람들 가지고 놀면서도
폭풍이라도 몰아쳐봐라
서로서로 어깨를 걸며
꽃띠*** 꽃띠 꽃띠 만들어 아우성치는
꽃띠꽃띠꽃띠꽃

콩서리하다 쫓기던 유년도 품어주고
쫓기는 가을 새떼들도

품 벌려 숨겨주던
아비 살사리꽃,
어미 살사리꽃,
아기 살사리꽃
가을빛도 영광이어라.

＊ 코스모스.
＊＊ 꽃동그라미는 꽃들이 만드는 동그라미. 잔잔한 수면에 돌 따위를 던질 때
　생기는 물동그라미를 연상해서 써본 시어임.
＊＊＊ 꽃띠는 인간띠(사람띠) 할 때의 띠로서 꽃들이 만드는 띠.

시골 기차

곧은 길 마다하고
산모퉁이 바짝 붙어
돌아 돌아 구부려 간다.

그늘 느린 늙은 소나무 굳은 눈물에
몸 뒤척이며
쉬엄쉬엄 감돌아간다.

노을이 타는 강물 아래
자갈밭 모래밭서 노는
물고기 등허리 어루만지며
희뜩희뜩 맴돌아간다.

단풍물에 흠뻑 물들어
산비둘기 산까치 등에 업고
느린 물과 함께
자장자장 누워서 간다.

한국산 흙

한국의 하늘 아래서
흙 한줌 움켜쥐니
삼라만상의 숨소리 여기 다 있고

손바닥 펴 보니
사방팔방으로 손금 따라
산골물 졸졸 흐른다.

내가 매일 딛는 발바닥 아래의
흙 한줌 움켜쥐니
세계를 휩쓸고 온 바람 여기서 일고

손바닥 펴 보니
온갖 초목들의 사연 퍼렇게 번진다.

독도

홀로섬이 아니었다.
동도와 서도가 짝 이뤄 난바다에 떠 있는
독도는 홀로섬, 홀로섬이 아니었다.

460만년 전 태기가 있은 후
270만년 동안의 산고 끝에
190만년 전 어미땅으로부터
태어난 독도는

어미품이 그리우면
저 짙푸르고 새하얀 파도 불러 달래고
어미품이 그리우면
갈매기떼 수천 수만 불러
꺼욱꺼욱 울리기도 하지만

독도는
수십명의 암초자식들
바닷속에 기르며
족보를 늘리고 있다.

물을 노래함

더우면 소나기가 되고
추우면 눈이 되고 고드름이 된다

화나면 폭포가 되고
심심하면 보슬비가 되고
한가하면 가랑비가 된다

여린 풀잎 끝에 매달리면 이슬보석이 되고
슬픈 눈동자에 머물면 눈물이 된다

머문 곳이 답답하면
천만리 길 휘돌아 바다가 된다

처음도 끝도 없는 사랑
물, 물, 물, 물물물물물물물……

산

갈매빛 저고리 걸치고
(바지는 홀랑 벗었다!)
이마에 햇빛침 수없이 꽂았다

가쁜 숨 헐떡거리는 저것들은
굶주린 짐승인가
그 울음인가

흐르는 계곡물에 아랫도리 식히며
하늘 향해 용솟음치는 저것들은
바람의 뼈인가
뼈의 신음인가

산. 산. 산

새

땅 위에 두 다리 디뎌보지도 못했을 거야
나뭇가지에 앉아보지도 못했을 거야
단 한번도.

지친 날개 겨우겨우 퍼덕이며
하늘에서 연처럼 하늘거리는 새.

겨울이면 하늘 복판에 얼어붙어
별 되어 반짝이다가
하염없이 흐르는 눈물도 얼어
우박으로 떨구다가

여름 한철 바람 만난 풀씨처럼
공중에 떠도는 마음.

풍경

코끝이 향기로운 흙을 어루만지며
머언, 머언, 조상 때부터 흘러흘러
산천을 감도는 시냇물이거나
고향도 정처도 없이
천지간을 떠도는 바람들을 그리며 산다.

사람들은 누구나 그렇게
마음 한구석에 한폭의 풍경을 품고 산다.

시냇물 위에 빗방울이나 이슬을 떨구거나
바람들의 옷자락에 마음 한가닥을 매달며

방바닥에 누워서나
소음뿐인 도시를 걸으면서나
임자 없는 들판을 거닐면서나.

여름날

햇살, 눈 시리도록 쏟아진다
초목들, 질세라 몸 비틀어
진초록 한껏 뽐는다

햇살, 하이얀 눈물 따갑게 떨구고
초목들, 하염없이 몸 젖는다

창문을 열어라
찌든 마음도 열어라

방마다 웅성거린다
마음마다 마른 강물 뒤척인다
푸른 목소리 푸른 메아리
이파리마다 웅얼거린다.

광주 輓歌

북망산이 멀다더니 도청 밖이 북망이요
저승길이 멀다더니 금남로가 저승이요 충장로도 저승이네
저는 이 길 가지마는 잘 있소 광주여 무등산도 잘 있소
헤~헤 헤헤헤야 어~허 어허어허 어허야허

당신 두고 가는 이 몸 절통하고 분합니다
황천수가 멀다더니 광주천이 황천수요 극락강도 황천수네
저는 이 길 가지마는 잘 있소 형제여 부모님도 안녕 안녕
에~헤 에헤헤야 어허어허 애고애고

저는 가요 당신 두고 저 세상에 저는 가요
팔뚝 같은 쇠사슬에 꽁꽁 묶여 총검에 찢겨가며 저는 가요
상무대 철창으로 끌려가며 돌아보며 끌려가요
어~허 어허어허 아하아하 어허어허

한 손에 태극기 들고 또 한 손에 총을 들고
민주·평화·자유 찾아 북망산천 찾아가요 황천길 걸어가요
광주땅을 하직하고 무등산에 절을 하고
아~하 아하아하 아이아이 아이고 아이고

죽음은 단 한번이라 누가 이 길 좋다 할까

저는 기왕 가지마는 광주 무등 조국이여 자손만대 번영하소
헐벗은 이 옷을 주어 훈훈공덕 쌓으소서
배고픈 이 밥을 주어 지성공덕 쌓으소서
목마른 이 물을 주어 활인공덕 쌓으소서
묶인 이 풀어주어 훨훨세상 세우소서
헤~헤 아~하 어~허 애~고 애~고 애~고 애~고

미간행 유고

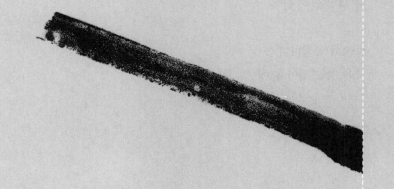

白鹿潭에서만 살아가는 하늘과 나

1

億劫을 祈禱로 누빈
清雅한
하늘이여—

暴彈 마을을 돌아
太古를 찾은 오늘인가.

호올로
가꾸어온 심장은
이끼 푸러 原始롭다.

2

하늘땅
틈새서
한 생명 얻어 살아

思惟의 꽃잎마다
죽음 찾는 열아홉 해

오늘도
密林 헤쳐온 마음
사랑이여! 외롭다.

　3

沈默 고함 솟던 날
하늘 우러러 던진 맘……

지금껏 나와 하늘을
못내 부르는 鹿潭이여

잔물결 사이마다에
純情이여 피었는가?

　4

鹿潭 먼저 닮은
原色 하늘 그 하늘은

나의 이
갈길을 막아
純情찬 눈빛으로

原始의
울음 일렁여
우리 같이 살잔다.

　　5

潭心 속으로 뻗은
꽃구름 하늘 길을

내맘 록담에 취해
하늘을 따라 따라

이제야 우러러 가고프던 하늘
구름장군 되어 가다.

6

피빛 鄕愁의 길을

가슴으로 다듬으며

떠날 줄 모르는 記憶은
사슴 울음 닮아 닮아

四季節
무덤 밖앗 世上을
셋이서 보는 오늘!

— 『광고(光高)』 11호(1961년)

가난 3

1

까마귀 울음에
아침은
깨어, 비척거린다.

이를 곳 없고, 기댈 곳 없어
封窓에 무늬져 내리는 恨들,
오늘도,
土房 위에 뒹구는 오랜 生活의
熱望들.

神話처럼
하루가 온통 비척거리는
빈 그릇 속에서 그들은
헤어나질 못한다.

2

누런 한낮 속
풀피리 소리에

두고 온 生活은 밀려오고,
구겨진 時間은 이제 못내
흐를 수 없는가.

태양도 疲勞한 언덕
死者들의 執念들은
무덤 밖에 피었다.

피어서는 다시 지는데
(누굴 탓할까. 아니, 아니⋯⋯)

    3

구멍 난 옷자락을 여미면
草童이 넘는 언덕길 깔망 속엔
오늘 하루가 잠을 찾는데

草家三間
불빛이
깜박.

— 『대학주보』 1963년 4월 2일자

公主님들의 寢室

나의 獨斷은 잊혀진 窓밖에 서성이고,
季節의 밑둥일 돌아오는 世界 안에 앉아 있는 젊은이들의,
쓰러진 戀人들의, 握手를 건드리며
나의 손끝에 펄럭이며 열려오는
純粹의 房 公主님들은 흐느끼고 있다.
멋대로 움직이는 肉體 아래 우거진 感情들.
日月을 출렁이며 오는 이들의 하루는 不信의 場所에서 눈을 뜨
고,
쌓여진 書籍들의 먼지에 대하여 同感하는 나와 同伴의 날,
아아 언제쯤 두드릴까?
무엇이고 可能한 가슴 안에서 언제쯤 열릴까?
사이에 서 있는 언덕,
걸려 있는 나의 時間은 그들 숨결에 흔들리고 있다.
太陽 아래 퍼져 있는 黃金의 빛살을 지나서,
自由가 茂盛하게 자란 이 肉體를 나부끼며 能動의 나라,
忠壯路의 낯선 사람들의 無能에 기대어보는 젊은 우울.
敗地에 뒹구는 死者들의 아랫도리를,
무덤 위에 던져진 戀人들의 人格을 사랑하고 무적의 나라,
내 하루의 休息을 잠재울
公主님들의 寢室을 찾아가며
나는 거창한 手續을 꺼려할 것이다.

298

그리고 나는 준비할 것이다.
나의 깃발을, 가난이 고이는 나의 술잔을
때론 눈이 내리고 恩惠가 흩날리는
내 가슴 안의 街路樹 위에 매달린
女人들의 분노와 사나이들의 눈물을 보듬고 흐느끼며 나의 房에
나는 城을 쌓지 않을 것이다.

— 『전남매일신문』 1964년 2월 15일자

아, 아 慶熙

5月 하늘을 이고 일어선,
平和와 自由에, 知性과 知慧에 굶주린
世界人의 이마를, 그 광장을 향해,
모든 可能의 기폭을 나부끼며 일어선
끝 모를 雄飛의, 躍進의, 아아.
그 이름도 장하다. 장하다, 慶熙는.
그 쓸쓸하던 廢墟의 품안에
건강한 學問의 理性의 뿌리를 뻗고
오직 無에서 有를 향한
말없는 奇蹟을, 그 침묵의 美德을
저리 총명한 하늘에 나부끼고 있네.
옛날 어느 地師가 高凰山에 올라,
"万石君이 생길 大基가 있다" 하시더니,
어제와 오늘이, 來日과 또 來日이 다른,
驚異의, 驚異의, 驚異의 神話인가.
鬪志와 끈기로, 사랑과 協助로 이룬
힘의 万石君인가? 智慧의 万石君인가?
그러니 보라. 저 넘치는 意慾을,
끝없이 뒹구는 이 광장의 사랑을,
叡智에 創造에 목마른 者여.
世界에 눈을 주기 전,

世界의 목소리를 들으려 하기 전
보라, 들으라, 느껴라.
아아, 진정 부끄럽지 않게
아아, 진정 욕되지 않게
너와 나의 決意인, 世界人의 決意인,
學園의 民主化 터전에서,
思想의 民主化 터전에서,
生活의 民主化 터전에서,
文化 世界 創造의 깃폭을 펄럭이라.
뜨거운 너와 나의, 가슴을 부비며
正義의, 信義의, 사랑의 목소릴 터지며
지성의 創造에 叡智에 취할
잔을 들어라. 우리 다같이 잔을 들어라.

— 『대학주보』 1964년 5월 18일자

5月의 讚歌
開校 16周年 記念日에

1

5월의 초록 바다에
만세를 부르며, 만세를 부르며,
우리들의 音樂이 쏟아지고 있다.
사랑스러운 물결이 우리들 풍성한
가슴으로 출렁여오고.
季節은 저렇게 눈부시게 빛나고 있다.
우리들 多情한 가슴을 부비면서
創造의 가장 현명하다 할 부분에서
5月의 하늘을 호흡하고 있다.
보아라, 어디고 없이 넘쳐흐르는,
祝祭의, 사랑의, 끓는 피의,
健康한 모습을, 늠름한 文化의 발자취를.

2

오늘, 사랑하는 모든 것을 데불고
우리 모두 風船을 띄우자.
野望의 風船을 띄우자.
모든 拍手와, 모든 喊聲은 우리의 것.

오늘 높이 높이, 잔을 들자.
잔에 넘치는 世界는 우리의 것.
모든 우울했던 나날을 씻어버리고
미워했던 나날들의, 내 이웃들을
理解 속에서 눈뜨게 하자.
그리하여 5月 맑은 하늘이 빚어낸 思索으로 취해 있자.
5月에 빚어진 智慧로 취해 있자.
무엇 하나 주어져 있지 안했던,
高凰의 터전엔
勝利의, 創造의 깃발이 나부끼고 있다.
어린 비둘기의 나랫깃에 부서지는 햇빛, 햇빛의 번뜩이는 聰明
으로 하여 우리 날카로운 理智의 눈망울 속에 5월의 이야기를 담
자.
가난했던 가슴속에 아로새겨진 사랑의 이야기를 담자.

　　　3

푸른 푸른 樹木들은
金빛, 銀빛 햇살을 빗어내리면서
그렇게 慶熙는
金빛, 銀빛 햇살을 빗어내리면서

知性의 비단을 짜고 있다.

사랑의 비단을 짜고 있다.

새들이 불러주는 노래와

늦게 피어나는 꽃잎 위에서까지

나의 현명한 樹木들은 飛躍의 歷史를 짜고 있다.

우리들 가슴 부비며 부비며 잔을 들자. 넘치는 微笑는 野望 속
에서 타오르라.

그때의 꿈은, 꽃무데기로 열리리라.

골짜기마다 넘쳐흐르는

우리들 핏줄마다 넘쳐흐르는

約束된

사랑의 江물, 德望의 바다에

나의 가장 純粹한 노래는 젖고 있다.

열여섯살 된 우리의 慶熙는

5月 햇살로 젖고 있다.

우리 뜨거운 뜨거운 握手에

우리 神話를 흐르게 하자.

祝祭의 날에 젊은 知性의 깃발을 올리자.

— 『대학주보』 1965년 5월 18일자

물로 칼을 베는 방법

"당신도 원 체면이 있지,
그 풍채에 그 테크닉으로
간지럼만 먹이시네.
더 눌러줘요, 제발 더 압박해줘요.
그 거대한 몸으로
아예 내 숨통을 막아버려요."

누르시는 쾌감도 쾌감이시겠지만
눌리시는 쾌감도 쾌감이시다. 알간?
죽이시는 쾌감도 쾌감이시겠지만
죽으시는 쾌감도 쾌감이시다. 알간?
뿐이랴, 다시 살아나시는 쾌감도 쾌감이시다.

까짓것, 뒤집으면 손바닥 엎으면 손등인가.
愛情으로 뒤범벅이 된 죄 없는 내 여편네를
물로 칼을 베는?
아아 황홀해라 물로 칼을 베는 逆轉勝!

— 『다리』 1971년 3월호

國土 6

이 고요하고 고요한 시간에도
나의 싸움은 끝나지 않는다.

그러니
사람들은 제발 떠나가주게.
나로부터,
내가 딛는 땅도 내가 받는 밥상도
제발 떠나가주게.

魂만 남고, 내 肉體도
내가 걸치는 옷도 땀도 때도
손톱도 발톱도 털도 제발 떠나가주게

山과 하늘이 마주앉는
저 파아란 뜨락에,
격렬하게 뿌릴 수 있는 씨앗이란
내 魂의 싸움이어라.
산간벽지 호젓한 물로 씻은
내 魂의 싸움이어라.

나의 싸움은

일부러 죽는 일,
죽어서 다시 태어나는 일이어라.
산과 하늘이 마주앉는
저 파아란 뜨락에
팔다리 흔들며 태어나는 일이어라.

—『창작과비평』 1971년 여름호

서울하늘

짓누르는 서울하늘이 싫어서
서울하늘 밑을 기어나갔지만
어디 한곳 서울하늘 밑 아닌 데가 없다.

빈틈없는 서울질서가 싫어서
서울질서를 벗어나 빠져나갔지만
무엇 하나 서울질서 아닌 것이 없다.

일요일, 찌뿌린 날이나 갠 날이나
아내를 챙겨,
큰놈 중간놈 네살짜리 막내놈과
멀리 시골에서 유학 온 어린 조카를
앞세우거니 뒷세우거니 하며
피난가는 것처럼, 그러나 설레이는
새로운 곳을 찾아서
서울하늘 밑을 빠져나간다.
서울질서를 벗어나간다.

山을 오르면 어린것 어른 할 것 없이
땀이 나고 배가 고파온다.
우리들은 온통 땀을 흘리는 영원의 순례자들.

우리들은 온통 배가 고픈 산짐승들.
너무 많이 떠나왔다 싶어
적당한 산꼭대기 바람 자는 곳을 골라 앉아
어른들은 밥을 짓고
애들은 노래를 부르거나 혹은
서툰 그림을 그리면서
서울하늘을 바라보며 탄성을 지른다.
집에 계신 할머니를 잠시 잊은 듯

아빠, 엄마, 무지개 좀 봐!
무슨 놈의 무지개?
저기저기 봐, 빨강 파랑 노랑의 무지개 있잖아!
그것은 서울의 공해야.
공해가 뭐야?
나쁜 공기가 뭉쳐 저렇게 무지개처럼 보이는 거야.

나는 서울하늘의 공해를 삼겹살로 떠올리며
군침을 삼키며 소주를 깠다.
앞으로 몇년만 더 살고
기어이 시골로 내려가 살겠다고 다짐하면서.
하늘과 땅이 맞닿는 곳을 찾아가서

살겠다고 다짐하면서.

— 『주부생활』 1980년 2월호

含春苑에 봄볕이
庚申年에 서울대학교병원의 발전을

봄을 머금은
우리들 건강의 동산 含春苑,
차고 매운 그 길고 긴 겨울을 견디면
우리들의 얼었던 꿈도
알알이 부풀어 가득 열리리.

사랑을 머금은
우리들 봄볕이 풍만한 含春苑,
짜증과 미움을 버리고
그 끈기와 침착함으로
다투어 사랑하고 다투어 봉사하면
그 누가 감히 히포크라테스가 아니리,
그 누가 크리미아의 천사
나이팅게일이 아니리.

꿈을 머금은
우리들 回生의 동산 含春苑,
친형제, 친부모, 친자식 대하듯
우애와 평등으로, 열성과 지혜로 보살피면
어느 누구가 健康人이 안되리,
어느 누구가 長壽를 누리지 않으리.

含春苑,
사랑과 봉사로 끈기와 지혜로
항상 公益을 앞세워
웃음꽃이 그치지 않는 含春苑.

여기서는
모든 형제에게 健康權을 인정하고
發病은 개인의 책임도 크지만
社會의 책임도 막중함을 일깨워준다.
여기서는 신체의 患部도 보살피지만
사회의 환부도 보살핀다.

여기서는
몸살에서 癌에 이르기까지
울며 찾아와 울며 떠나지 않는다.
전염병, 유전병, 고혈압 따위는 옛말,
건강의 요람, 늘 봄볕을 머금은 희망의 요람,
여기서는 웃으며 찾아와 웃으며 떠난다.

—『서울대병원신문』 1980년

오로지 크게 울려라

젊은이는 좌절하지 않는다.
무릎을 꿇지 않는다.
젊은이는 힘을 쓰지 않는다.
함부로 힘을 쓰지 않는다.
때로 젊은이는 실수를 범해도 그냥 정상으로 되돌린다.
때로 젊은이는 꿈꾸기를 포기하지만
포기 그 자체가 꿈인 줄도 안다.

넘치는 힘의 바다
넘치는 푸름의 들판 가득히
우리는 우리의 지혜를 뿌릴 일이다.
솟구치는 용기의 가슴
솟구치는 두뇌의 깊숙이
우리는 우리의 삶을 뿌릴 일이다.

누가 젊은이를 병들었다 하는가?
누가 젊은이를 타락했다 하는가?
누가 젊은이를 어린아이라 하는가?
누가 젊은이를 꿈꾸지 않는다 하는가?
누가 감히 젊은이를 젊은이로 받아들이지 않는가?

태산은 모든 것을 거부하지 않는다.
티끌 하나, 돌멩이 하나, 가녀린 풀잎 하나까지를
모두 포용해서 마침내 큰 산을 이룬다.
대해는 모든 것을 거부하지 않는다.
이슬방울 하나, 실개천 혹은 큰 강 작은 강
하수구들까지 포용해서 마침내 큰 바다를 이룬다.

우리도 큰 산이 되자.
우리도 큰 바다가 되자.
아니 그 큰 산, 큰 바다를 가슴 가득히 담고서
이 땅에서 이 땅을 열심히 일구자.
이 땅에서 우리의 노래를 목청껏 부르자.

누가 감히 젊은이를 젊은이로 인정하지 않는가?
누가 감히 이 넘치는 힘과 지혜를 사랑하지 않으랴!
끝끝내 젊은이는 젊은이인 것을 누가 감히 거부하려 하는가.

크게 울려라,
남쪽에서 북쪽 끝까지
서쪽에서 동쪽 끝까지
우리들은 늘 중심이 되어 크게 울려라.

울림이 없는 山川은 죽은 땅이어라.
크게 울려라. 오로지 크게 울려라.

—『대명』 2집(1986년)

땅에서 뉘우치고 하늘이 알아

척박한 땅 위의 모든 것들이여
오늘도 깊은 잠에 빠져 있는가.
잠을 털고 새벽을 맞을 일이로되
꿈길에서만 잠꼬대를 하는구나.

부족한 잠, 뭉그러진 잠,
가위눌린 잠, 떨치고 일어나지 않고
무엇이 무서워 주저주저 하는가.
모든 것들의 잠이여
잠은 잠을 불러
천년만년 이어지는가.

잠 속의 아우성 아우성들이여
오늘도 침실에서만 뒹구는가,
잠에서 빠져나와 거리거리에서
서성거릴 일이로되
물러서며 물러서며 중얼거릴 뿐,

지친 소리, 갇힌 소리
쉰 소리, 떨치고 일어나지 않고
무엇이 두려워 울음 되어 통곡만 하는가.

아우성들이여, 깨어나 흩날리지 않고
천년 만년 방에서만 통곡하는가.

공중에 떠도는 마음들이여
오늘도 사람의 곁을 떠나
짐승의 마음을 닮으려 하는가.
그 누구의 소수의 마음을 닮으려 하는가.

여기 빛이 있으되 보지 않고
여기 말씀이 있으되 들으려 하지 않고
여기 소금이 있으되 썩으려 하고
여기 사랑이 있으되 나누려 하지 않고

모든 것들이여
모든 것들의 잠이여
잠 속의 아우성들이여
마음들이여
잠만을 자긴가.
침실에서만 뒹굴긴가.
공중에서만 떠돌긴가.

차라리 우리 함께 죽어
천알의 만알의 씨앗으로 죽어
이 척박한 땅속에 묻히어
초원으로 부활하지 않고
죽음이 두려워 큰 죽음을 낳고
새벽이 두려워 큰 잠을 낳고
아우성이 두려워 큰 침묵을 낳고
마음이 두려워 서로 마음들을 가두는

아, 여기는 누구의 땅인가.
우리들의 땅이 아닌가.
아, 여기의 사람들은 누구의 자손인가.
우리들의 자손이 아닌가.
아, 여기 떠도는 유언비어는 누구의 것인가.
우리들의 것이 아닌가.

이젠 최후로 뉘우칠 시간.
땅속으로 들어가 허물을 벗을 시간.
낡은 것을 벗어던질 시간.
땅에서 뉘우치고 하늘이 그 뜻을 아는 시간.
오는구나

심판의 시간이 오고 있구나.
하나됨을 위해
모두가 한번은 죽어야 할 시간
두둥실 춤으로 부활하는 시간이
지금 오고 있구나.
쏘나기로 오는구나.
번개나 벼락으로 오는구나.
눈부신 햇살로 오는구나.
두려움으로 기쁨으로 천지 가득히 오는구나.
땅이 뉘우칠 때
하늘이 그걸 알고 오는구나.

—『교회와세계』 1987년 7월호

이제부터 시작이다

북과 장구는 쳐야 하느니라
징과 꽹과리는 두들겨야 하느니라
피리와 날라리는 불어제껴야 하느니라
손발은 쉴새없이 움직여야 하느니라
설움이 복받치거든 참았던 입 열어
산천초목이 울리도록 소리쳐야 하느니라.

북과 장구와 징과 꽹과리와
피리와 날라리와
손발과 입과 심장은
한데 어우러질수록 신이 나서
함께 되어 나아갈 수 있으리니.

그걸 용케도 알고 지켜서
오늘에 이르렀고나.
우리 뜨거운 처녀들 마음
우리 줄기찬 처녀들 목마름
성심대학보여!
한 많고 설움도 들끓어
수천 날 고운 마음 하늘 우러러
밤하늘에 큰 달처녀 띄워놓고

수만의 별총각들 거느렸고나.

그때는 메아리도 없었어요.
이 소리 저 소리 모조리 바쳤지만요
이 소리 저 소리 모조리 삼키고서
뒤돌아 눕고만 말았어요.
그래도 우린 골짜기와 산을 원망하지 않았어요.
목이 쉬면 쉰 채로
입이 부르트면 부르튼 채로
손발이 흐느적거리면 흐느적거린 채로
우린
몽당연필일망정 구겨진 휴지조각일망정
곱게 곱게 펴서 새기었어요.
우리 마음 우리 뜻 우리 사연들을요.
아 그랬었고나 그랬었고나
성심대학보여.
아 그랬었고나 그랬었고나
고동치는 지성이여.

그러나 이제부터 시작이다!
그 많은 세월은

오늘 이 시작을 낳기 위해
파도쳤고나 진통했고나.
그 수많은 언어들은
오늘 이 문장을 세우기 위해
쓰러졌고나 뒹굴었고나
일어서자
나아가자
말하자
쓰자
시작하자
한몸 한뜻 앞을 누가 감히 막으랴.

들끓는 심장은 누운 山河를 일으키고
곧은 펜은 곧은 소리를 낳아
온누리를 누빌지니
눈먼 자 눈뜨게 하고
입 다문 자 소리내게 하고
드러누운 자 일어서게 하리니
새벽은 새벽을 낳아
새벽의 진리를 이뤄나갈지니
성심학보여

우리 양심이여
오늘 푸르러 내일도 모레도
아니 영원히 푸르리라
우리 그대 믿고
함께 밀지니
영원하라.

— 『성심대학보』 1987년 11월 12일자

새해를 맞는 중년시인의 마음

묵은해가 가고
새해가 오면 뭘 하나
해가 뜨고 해가 지면 뭘 하나
한 뭉치의 달이 차오르면 뭘 하나
수억의 별들이 반짝이면 뭘 하나

저주스런 내 하늘이여
하늘의 잔치만 바라보면 뭘 하나
좌절의 땅이여
한해가 가고 또 한해가 오면 뭘 하나

멈춰라 저놈의 시간
사라져라 저놈의 형상들
없어져라 저놈의 허황한 말들
뒤바뀌어라 모든 말의 뜻들
모든 날짐승들 날개를 접어라
허공을 날아 뭘 하나
모든 짐승들 다리를 꺾어라
척박한 땅을 달려 뭘 하나
모든 사람들 책을 덮어라
진실이 실천되지 않는데 뭘 하나

모든 가수들 입을 오무려라
노랫말도 모르는데 뭘 하나
모든 펜들 녹슬어라
진실을 은폐하는데 뭘 하나

고요한 아침의 나라라고 배웠다
우리 모두 무덤으로 봉긋이 솟아 있자
그 속에서 흰 뼈를 섞자
그 속에서 새로운 말들을 만들자
그 속에서 새로운 사랑을 만들자

중년의 시인은 울부짖습니다
탯줄이 묻힌 이 땅을 치며 웁니다
칠순의 어머님 앞에서 엎드려 웁니다
중년의 아내 앞에서 웁니다
어린 자식들 앞에서 방바닥을 치며 웁니다.

좌절과 희망을 구별 말자고
불행과 행복을 구별 말자고
슬픔과 기쁨을 구별 말자고
순간과 영원을 구별 말자고

여자와 남자를 구별 말자고
어린이와 어른을 구별 말자고
남과 북을 구별 말자고
동과 서를 구별 말자고

하늘을 쳐다보고
땅을 굽어보며
메아리도 없는 울음으로
번개를 만들고 천둥을 만듭니다
하나인 형제여
하나인 땅이여
하나인 통일이여
하나인 모국어여
하나인 오직 하나인
민주주의여

새해를 맞는 한 중년시인의 눈물은
이제 말라갑니다
죽음은 출발입니다
출발은 죽음입니다
죽음도 말라갑니다

출발도 말라갑니다

그러나 다시 시작합니다
묵은해가 가고
새해가 오듯이
우리는 다시 시작하는 길밖에 없습니다
가자 좌절이여 산 넘고 물 건너
오라 희망이여 물 넘고 산 넘어

—『대학주보』1988년 1월 1일자

오, 광주여 무등이여
광주항쟁 8주년을 맞으며

서울에서 남녘땅을 바라본다.
지금도 먹구름 드리워진 하늘 젖히고,
서로서로 지쳐 있는 몸들을 세워라.
도무지 앞길이 막혀
그냥 캄캄한 무덤으로 눕고 싶을 때
넘기던 책장을 덮고
두근거리는 가슴 쓰담으며
무등산을 바라본다.

서울에서 그날을 생각한다.
풋풋하던 오월을 누가 그리도 처참히 죽였는가.
아 누가 부활케 했는가.
아직도 젊어 젊음을 포기할 수 없어
입 다물어 노래 그냥 멈출 수 있겠느냐.
산천초목도 목말라하며
팔다리 치켜올려 하늘 떠받치며
흐느적일 때 꽃이 되고 싶어라.
이 척박한 땅에 한톨의 꽃씨로 뿌려져
이 산천을 떠돌며 지키다 피어난
한 송이 꽃이고 싶어라.
줄기와 잎을 생략하고 그냥

아우성 아우성 아우성인 꽃이고 싶어서
하던 일 멈추고
광주를 껴안아본다.

무등산아 일어서다오.
일어서서 말해다오.
상처투성인 그대 사지를 펄럭이며
북녘을 향해 힘껏 날아다오.
그 모습 우리의 모습인걸.

광주여 일어서다오.
일어서서 말해다오.
총칼의 부딪침과 비명과 쓰러짐과
앞에 환히 보이던 그 깃발로
못다한 말 마저 쏟아다오.
그 말 바로 우리의 말인걸.

서울에서 부산에서 대구에서 대전에서
백두산에서 한라산에서
무등산을 바라본다.
광주를 안아본다.

오오, 한없는 부드러움이여 포근함이여.
그대 이름 다함께 우리들의 것이리니
두려워하라 총칼이여 군화여
무릎 꿇은 채 다시는
영영 일어나지 못하는 앉은뱅이가 되라!
민주 앞에 자유 앞에 통일 앞에.
오오, 오월 앞에.

— 『세종대학보』 1988년 5월 16일자

오월 그날을 다시 세우자

함께 한몸 한마음이던 오월이 왔다.
아직 마르지 않은 피옷을 입고
피몸 피무덤으로 오월 그날이 왔다.
무얼 망설이겠는가 가자 가자.
광주로 광주로.

온통 피눈물이던 그날을 보듬고
지상의 모든 형제 흐느끼는구나.
하나뿐인 목숨 이 땅에 바치며
충장로를 금남로를 파도치던,
군부독재 타도하자. 민주정부 수립하자
화정동에서 광천동에서 계림동에서
지산동에서 학동에서 양동에서
나라 다시 일으키던 어린이며
학생이며 품팔이며
아저씨며 아주머니며 할아버지며 할머니들이
부활하여 외치는구나.
가자 가자 부활의 땅으로.

답답하다고 한반도 통째로 꿈틀대는구나.
답답하다고 삼라만상이 일어서는구나.

푸른 하늘도 급히 내려앉는구나.
오월은 다시 오고, 그날은 다시 오고
무등산은 다시 큰 애를 잉태했다더라
망월동의 무덤들도 큰 애를 잉태했다더라.

결단의 때가 왔다.
우리들 청춘의 땅,
우리들 희망의 땅,
세계의 보람의 땅
늙지 않는 빛고을
항쟁의 땅, 민주의 땅, 통일의 땅
오오, 영원한 고향인 광주를 두고

눈감은 채 잠들 때가 아니다.
오년이고 팔년이고 십년이고 백년이고
가슴 치며 땅을 치며 세울 일이다.
그날의 함성 다시 세워
그날의 발자국 소리 다시 깨워
그날의 죽음 다시 세워
그날의 무덤 다시 깨워
오월 그날을 방방곡곡에 세울 일이다.

누가 이 일을 막을소냐
누가 이 길을 막을소냐
군화를 총검을 미워했으므로 행복하였네라.
민주를 사랑했으므로 행복하였네라.
우리 오늘 그때 그 사람들 되어
파도가 되자.
오월 그날 다시 세워 깃발이 되자
한라에서 백두까지 뻗치는 바다가 되자.

— 『외대학보』 1988년 5월 17일자

불암산 자락에서

우리들의 마음은 고이지 않는다.
움직이며,
역사의 수레바퀴를 굴려 나아간다.
썩은 두엄자리에서 악취를 맡아내며
하염없이 흐르는 시간을 용서치 않는다.

오로지 뺨을 어루만지며
정의를 사랑하는 친구들
평화를 금쪽같이 귀히 여기는 친구들
진리를 목말라하며
친구들끼리 역사의 동아리를 만든다.

갑순이와 갑돌이가 만나
손발을 엮어 울타리를 세우듯
그렇게 한민족의
사랑을 피워올리듯

북순이와 남돌이가 만나
백두나 한라 위에
우리의 숨결을 일렁이듯
줏대 있는 창연한 깃발을 펄럭이듯

친구들은 그들의 할일을
결코 포기하지 않는다.

우리들은 하루의 고민을 두려워하지 않는다.
우리들은 닫힌 정서를 노래하지 않는다.
우리들은 한 시대를 숨쉬면서
앞서간 시대와 닥쳐오는 시대를
한몸으로 껴안고 통합하면서
시대의 한복판에서 만신창이로 나부낀다.

불암산이 깨쳐나도록
엎드린 몸체를 일으키도록
오늘도 백두와 한라의 우람한 마음으로
불암산의 친구들은
이 튼튼한 대지에 뿌리를 내려
높푸른 창공에다
아우성, 아우성을 보탠다.

천년 후에도 살아 메아리칠
목마른 사랑이 우리 사랑 아니던가.
천년 후에도 살아 있을 친구들이

또한 우리 친구 아니던가.

— 『어의문화』 1988년 9월호

신창골의 이야기
순천향대 학보 창간 10주년에

흐르지 않는 물은 강에 못 이르듯
흐르지 않는 강은 바다에 못 이른다.
성난 파도와 잔잔함이 모여
바다 바다를 이루듯,
가녀린 풀잎들이나 나무들이
한톨의 흙들이 돌멩이들이 바위들이
모여 모여 큰 산을 이루듯.

흐르며 모이며 파도치며 찢겨지며
말하며 나아가며 부딪치며 외칠 때,
신창골의 생각은 정서는
학성산을 이루리라.

십년을 견디면서
펜은 칼보다 강하단 말은
한낱 전설이었던가.
펜은 물보다 두부보다 약했던가.
펜빛은 먹물보다 캄캄 어둠이었던가.
정말 그랬던가.
정말 그랬던가.

가을은 생각하는 철.
어느 열매보다 단단히 반성하는 철.
가을에 태어난 정의는
생각하고 반성했던가.
그래 오늘처럼 자랐는가.

청년은 닦아놓은 길 위를 걷지 않는다.
청년은 안전주를 사지 않는다.
청년은 향기보다는 악취를 선택한다.
청년은 성취보다는 좌절을 붙든다.
청년은 고여 있기보다 흐르고 흐른다.
청년은 침묵보다 아우성에 눈뜬다.
청년은 응전보다 도전을 즐긴다.

활자들이 눈 부릅뜨고
새하얀 종이 위에 가로세로 누워
새카맣게 울며 죽어갈 때,
펜들이 퓨즈처럼 오그라지며 꺾일 때,
청년들은 그렇게 했었던가.

열사들의 시대

338

사람들이 이 시대를 떠날 때,
젊은 주검들이 이 강산에 널브러질 때,
주검 위에 주검을 덧씌우는
그들의 영혼까지도 죽이는
흉기가 되던 시절이 있었다.
지금도 그 전설 같은 이야기가
가득한 우리들의 땅에서
꼿꼿이 서서 꼿꼿한 귀를 세우자.

신창골의 문호야 상원아 완석아 성춘아
성운아 남복아 미용아 미경아 선희야
미숙아 갑순아 갑돌아, 미운이야 이쁜이야
그 누구들아 아무개들아
학성산만큼이나 큰 마음들아
하늘을 우러러 드높게 펜을 들어라.
단풍잎에 돌멩이에 역사 위에
그대들의 이야기 우리들의 이야기를
밤새도록 철이 바뀌도록 쓰고 또 써라.

울면서 써라.
부둥켜안고 사랑하면서 써라.

국토를 온몸으로 누비며 써라.
북녘까지 보이도록 울리도록
큰 글자로 파도치게 써라.
순천향이여.

—『순천향대학보』 1988년 10월 28일자

씨앗과 곰의 향연
지령 800호에 부쳐

그랬을 것이다.
찬바람 불고 찬비 내리고
찬눈 흩날리는 허허벌판에서
씨앗들은 언 몸뚱아리들을 뒤척이며
소리쳤을 것이다.
기다리지 않고, 다투어 봄을
만들었을 것이다.
새끼곰들이 모여서 도란도란
틔어오르는 싹들 곁에서 춤을 췄을 것이다.

언어들이여
자연의 속삭임이여
사람들의 무기들이여
솟구치는 우리들의 말이여
천하를 흔들어 흔들어다오.
속살을 내보이며 춤을 추어다오.

그 누가 우리들의 무기를 빼앗겼다 말하리.
그 누가 우리들의 양심은 죽었다고 말하리.
그 누가 우리들의 임무는 끝났다고 말하리.

활자들은 흰 종이 위에 누워서 말한다.
활자들은 흰 종이 위에 박혀서 말한다.
활자들은 흰 벌판 위에 뒹굴면서 말한다.
활자들은 춤을 추며 말한다.
곰들은 덩실덩실 춤을 추며 말한다.
씨앗들은 봄을 기다리지 않고
봄을 만들며 지축을 흔든다.

팔백세를 견디어온 삶은 말한다.
팔백번이고 팔천번이고 팔만번이고 말한다.
곧게 말한다.
천하를 주름잡으며 말한다.
지렁이처럼 느려진 문장은 문장이 아니다.
대쪽 같은 문장이 문장이다.
꺾여진 허리 곧게 펴서
감춰진 소리 화살이 되어 난다.

그럴 것이다.
남녘바람 북녘바람 만나서 짝지어
춤을 출 때
그럴 것이다.

무성한 언어의 숲속을 뛰어놀며

곰들은 자유롭게 평화롭게
짝을 지을 것이다.
오오, 다함 없는 씨앗과 곰의 향연이여
언어들의 축제여, 만만세
만만세!

— 『단대신문』 1989년 3월 28일자

진월의 마음들
창간 8주년 기념 축시

하늘이 맑은 날이든 궂은 날이든
항상 깨어 열어놓는다.
무등산만큼이나 넓고 넉넉한
이름하여 진월의 마음들은
열린 세계를 향해 오늘도 열어놓는다.

닫힌 가슴은 우리들 것이 아니다.
갇힌 목소리는 우리들 것이 아니다.
젊은 몸뚱아리는 심장과 함께
드넓은 세계를 향해
척박한 땅에서 파도치며 나아간다.

여기 사랑과 미움이 함께 있다.
여기 기쁨과 슬픔이 함께 있다.
여기 풍요와 목마름이 함께 있다.
여기 영원과 순간이 함께 있다.
함께 움직임이 있다.

우리들이 매일 밤늦게까지 넘기는
책장마다 슬픈 사연 기쁜 사연이
우리들의 눈을 잠시 어지럽게 하지만

넘기는 책장마다 활자들은 펄펄 살아
강물처럼 출렁거리지만
우리들의 마음까지야 흔들지는 못한다.

우리들이 매일 딛고
우리들이 매일 모여 토론하는
진월의 땅, 진월의 얼굴들은
두려워하지 않는다.
태양이 솟지 않더라도
달이 떠오르지 않더라도
진월의 마음들은 어둡지 않다.

무엇 하나라도
사랑하지 못할 것이 없구나.
잠시 일어나는 짜증까지도 미움까지도
좌절까지도 고통까지도
사랑하지 못할 까닭이 없구나.

누가 잔디를 밟으며 편한 샛길을 내는가.
누가 울어대는 곤충들의 소리가 싫어 귀를 닫는가.
누가 갓 심은 어린 나무들의 가지를 흔들어대는가.

진월의 마음들은 울멍거린다.
진월의 소리들은 활자가 되어서
새카만 눈동자가 된다.
눈동자가 되어 우리들을 응시한다.
저, 응시하는 눈빛들은 우리들의 마음
마음을 함께 모아
탑을 쌓아올리자.
둥둥둥 북을 치며 영원까지 이르도록
진월의 땅을 울리자.

우리 모두 모여 하루해가 다하도록.
우리 모두 모여 이 어둠이 다하도록.

— 『광주대신문』 1989년 8월 21일자

전 국토에 오월이 온다

오월 들어 첫 시를 썼었는데
나는 치떨리는 육신을 찬물로 식히고
오월의 시를 얼마 전에 썼었는데

그 첫 연은
"전 국토에 동동 달이 뜨니
이 땅 모조리 망월동 아니냐"였고

그 끝 연은
"전 세계에 동동 달이 뜨니
이 세상 모조리 망월동 아니냐"였다.

밤에는 물론 한낮에도
동동 뜨는 달을 쳐다보며
우리들은 묘지 안에 누워서,
서양에서는 사월이 가장 잔인한 달일지는 몰라도
한국에서는 오월이 가장 잔인한 달이라고 외쳐댄다.

법의 날이 들었으나 법은 온데간데 없었고,
석가탄신의 날이 들었으나 자비는 없었던 달,
천진무구의 어린이날이 들었으나

공포의 눈망울만 거리에 뒹굴던 달,
어버이날,
스승의날,
성년의날이 무색했던 달,
가정의 달이 아니라 가정파괴의 달.

오월은 진달래꽃이 시들어갈 무렵에 온다.
빛고을을 한 바퀴 휘돌아서 온다.
백담사에도 거리낌없이 온다.

8·15를 뒤집어보라
바로 5·18이 아니더냐
제2의 광복이 아니더냐.

오월은 외세를 지근지근 뭉개며 온다.
오월은 분단을 짓이기며 온다.
오월은 독재를 후려치며 온다.

삼당야합은
구국의 일념에서가 아니라 망국의 집념에서라고,
삼당야합은

명예혁명이 아니라 오욕의 쿠데타라고,
삼당야합은
신사고가 아니라 해묵은 돌덩이 사고라고,

민자년의 속곳을 들춰대며
(아이구머니, 냄새야!)
당당하게 온다.

전 국토에 그런 오월이 온다.
자주·민주·통일을 향해
육천만 송이의 꽃봉오리를 터뜨리며 온다.
망월동이 살아서 온다.

— 『총신대학보』 1990년 5월 14일자

아으, 망월동에 살으리

5·18 10주년에

이 메마른 땅에서
들끓는 이 정을
그 누군들 식히랴.

이 아픈 땅에서
이 만신창이의 몸을
그 누군들 어루만지지 않으랴.

오늘도 태양은 뜨고
달은 솟아오른다.
오늘도 바람은 불고
꽃잎들 몸을 흔들어
두 주먹 불끈 쥐고 치떤다.

그리움이 불붙은
망월동은 둥둥 떠올라
이 시대 아픈 곳을 환히 밝히나니

아으, 망월동에 살으리
살아, 떠오르리

350

역사는 때로 우리에게 상처 입히나니
상처 많은 조개들 진주 빛나니
그 상처 새살 돋을 때까지

아으, 망월동에 살으리
살아, 솟으리.

살아,
아픈 온몸으로 불기둥 세워
하늘을 받치리니
이 어둠 불사르리니

아으, 모두 함께 가서
망월동에 누우리.

이 세상 무덤들 뭉쳐
밤에만 솟는 달덩이 되는구나
죽은 사람 살아나고
산 사람 아낌없이 죽어가서
이 세상 큰 무덤 되는구나

황폐된 땅덩이는 갈아엎고
땅심이 다한 땅덩이 파헤쳐

오월꽃을 피우나니
육천만 꽃송이 송이송이
이 강산 뒤덮는 힘이 되는구나.

무등산도 뚜벅뚜벅 걸어나와
금남로에 우뚝 앉으니
죽은 넋
산 넋 하나 되어
이런 세상, 저런 세상
한세상 되니

그 누군들 마다하리
아으, 망월동에 살으리.
아으, 망월동에 누우리.
아으, 망월동에 솟으리.

─『광주대신문』 1990년 5월 15일자

이 땅에서 하늘 끝까지
全南日報 創社 기념일에

이 땅, 이 마음들이 살아 고동쳐서
하늘 끝까지 사무치도록
불의에서 정의와 양심의 끝까지,
빈자에서 부자의 마음까지 사무치도록
샅샅이 발로 뛰어 밝힐 일이다.

우리네의 슬픔들을 기쁨으로
우리네의 고통들을 영광으로
우리네의 좌절들을 꿈으로
우리네의 억압들을 해방으로
끌고 가며 땀 흘리는 활자들이여.

육천만의 모습과 발언들을 드러내는
말들이여
자주·민주·통일의 새까만 눈동자들이여
전 국토의 넉넉한 넓이 이상으로
전 세계의 아스라한 높이 이상으로
출렁여다오, 파도쳐다오.

북녘땅까지 보이고 들리도록
지구촌 곳곳까지 보이고 들리도록

하나이던 땅이 하나 되도록
하나이던 핏줄이 하나 되어 흐르도록
일렁여다오, 용솟음쳐다오.

우리네의 말할 권리를 들을 권리를
그 누군들 감히 막고 가리랴.
우리네의 볼 권리를 알 권리를
그 누군들 꺾고 잠재우랴.

무등의 자락엔 창조만이 있어
호남의 벌판엔 승리만이 있어
금수강산엔 영원만이 있어
천만년 시들지 않는 꽃들을 피우나니
그 향기 천지간에 가득하여
이 땅에서 하늘 끝까지 사무친다.
펜 또한 녹슬지 않고 반짝인다.

전남일보 튼튼히 태어나서
전남일보 늠름히 자라나니
전남일보 그 아니 우리 분신 아니냐.
보고 싶어 기다려지는

우리네 벗 아니냐. 영원하리라.

—『전남일보』 1990년 7월 20일자

드넓은 광장이 되리라

캠퍼스저널 창간에 부쳐

이 시대 속에서 이 역사 속에서
많은 이야기를 만들고,
이 삶 속에서
많은 꿈을 꾸기 위해 태어났다.

흙 한톨, 돌멩이 하나, 풀잎 하나에서부터
바윗덩이, 거목들을 두루 포용하여
마침내 큰 산 이루어 우뚝 솟듯이
이슬 한 방울, 실개천 한 자락에서부터
폭우, 성난 파도를 두루 껴안아서
마침내 큰 바다 이루어 영원히 출렁이듯이,

튼튼하되 부드럽고 부드럽되 꺾이지 않고,
씩씩하되 너그럽고 너그럽되 날카롭고
따지되 받아들이고 받아들이되 다시 베푸는
우리들의 드넓은 광장이 되리라.

우리들은 닦아놓은 길만을 걷지 않는다.
향기보다 악취를 성취보다 좌절을
침묵보다 함성을 응전보다 도전을 붙들고
앉아 있기보다 솟아 있고

고여 있기보다 흐르고 흐른다.

—『캠퍼스저널』 1990년 9월호

빛고을의 횃불잔치
창간 축시

어둡고 답답한 세상이다.
불을 밝혀 빛을 보탤 일이다.
험난한 세상일수록
서로의 닫힌 마음들 활짝 열어
횃불 밝혀 모조리 태울 일이다.

빛의 천지, 눈부시도록 횃불 밝혀
춤추는 것들마다
저리 이뻐 보이는 춤추는 마당에서
너 또한 어렵게 태어났으니
춤사위 온 세상 흔들어 모처럼
살맛 나는도다. 절로 절로 나는도다.

작은 목소리든 큰 목소리든
지난 목소리든 지금 질러대는 목소리든
함께 어깨동무하여 나아갈 때
좁은 길도 확 트이나니
답답해하던 활자들도 어깨춤을 추나니
이 또한 겹치고 겹친 경사 아니더냐

보아라.

358

무등산의 돌멩이들도 풀잎들도
설움 많던 야윈 팔다리일망정
들고 일어나 춤을 추나니
천지간에 가득 횃불이 타올라
몹쓸 어둠 몰아내는도다.

어서 빛들을 더 보태라.
어서 진실을 더 캐내라.
좋은 일은 서둘수록 속도를 더 내나니
한눈 팔 것 없다.
어서 뛰어서 아직도 깊은 잠에
빠져 있는 모든 것들을 깨워내라.

어둡고 답답한 세상에
횃불잔치 벌어졌으니
천년만년은 짧다. 억만년 이상
타오르고 타올라
우리들 춤사위 멈추지 않으리.

— 『광주주간뉴스』 1991년 2월 28일자

우리 칠천만의 가슴속에

죽어간다
죽어간다
삶을 외치며 죽어간다.
우리 칠천만을 유족으로 만들며
죽어간다.

이승과 저승의 삶을
도무지 구분할 수 없는
이 땅의 이 하늘 아래서
죽어간다 죽어간다
삶을 목 타게 외치며.

산 자여 따르라
죽은 자여 불뚝 일어서라
이승과 저승을 거리낌없이 드나들며
죽어가며 살아나며
살아나며 죽어가며

우리 칠천만의 가슴속에 달로 뜨니
당신도 망월동
나도 망월동, 우리 모두 망월동.

오월의 몸을 풀었던
다시 11년 터울의 산기를 느끼며
뒤척이는 무등산 위로
수상한 바람, 얄미운 구름 뚫고
달이 동동 뜨니
하늘에도 망월동
바다에도 망월동
온 천지 망월동

눈물, 비명, 한숨, 아우성 솟구쳐
눈부신 햇무리
우리들 머리 위에 뜨니
아 저것이 밤낮없는 부활 아니냐
아 저것이 민주 아니냐
아 저것이 자주 아니냐
아 저것이 통일 아니냐

우리 칠천만의 가슴에 달이 뜨고
우리 칠천만의 머리 위에 햇무리 뜨는
오월, 오월, 오월, 오월, 오월
輓歌여, 전 국토에 스며라.

— 『광주일보』 1991년 5월 18일자

어느 노동자의 생각

세상의 모든 짐을 혼자 져날랐다나.
여기저기 웅크리고 있는
저 산들도 마냥 혼자서 부려놓은 짐들이다나.

종일 땀 흘려 강물 출렁이고
종일 걸어 길들 눕혔다나.

종일 마셔도 더워지지 않는 가슴 문지르며
종일 피워도 더워지지 않는 가슴 만지며

오늘도
내가 아는 그 노동자는
긴 그림자 흘리며
터벅터벅 光州川을 흘러가네.

— 『시세계』 1991년 8월호

적막강산
國土 91

무데기로 무데기로 피어 있는
들꽃들을 바라본다.

눈이 시리고
이마도 시리다.

밤이면 달이랑 별이랑
노닐다가 그 기쁨
끝내 못 참아 아침 이슬로 맺어
찬란한 햇빛을 포옹하는 들꽃들.

때로는 꽃사태 일으켜
꽃폭풍으로 몸을 흔들지만
이것들은 바로 노래가 되어
그대 입술을 울려
내 귓속으로 드나든다.

적막강산의 하염없는 들꽃이여
외로움도 이제 아무것도 아닌
적막강산이여.
들꽃이여.

— 『민족과문학』 1991년 가을호

보리밭·밀밭·목화밭
國土 92

발바닥이 근질거리면
보리밭으로 가마.
드문드문 밀밭도 섞여 있는
들판으로 가마.
흰 꽃방울도 슬픈 목화밭으로 가마.

잃어버린 유년을 찾아
종달새 높이 솟는
보리밭·밀밭·목화밭으로 가마.

아직 오지 않은 내일의 유년을 찾아
종달새 날개 낮게 잠잠거리는
보리밭·밀밭·목화밭으로 가마.

흙바람 몰아치는 들판을 달리며
나는 대여섯살배기 유년이고파.

— 『민족과문학』 1991년 가을호

누이를 위하여

누이를 위하여,
울어보지 못한 남자는 남자가 아닐지어다.
누이를 위하여,
오줌 잘도 싸던 어린 시절
등에 업어보지 못한 남자는 오빠가 아닐지어다.

대구로 시집간 지 이십년이 넘어서
서민아파트가 당첨되었다고
기뻐하면서 이내 돈 걱정을 털어놓는 누이야.

시집갈 때 한푼도 못 도와준
대학 나온 오빠를 찾아와
아파트 당첨을 포기할까 말까
눈물 글썽이던 누이야.

어디 급한 돈 끌어쓸 데 없느냐고
완곡하게 부탁하던 너 살아가는 솜씨 아직 서툴러
그리 다급할 줄이야.

난생 처음 탄 조각구름 편운문학상 상금 중
이백만원을 우체국 온라인으로

송금을 한 뒤
나는 너의 두세살 적 모습을 끌어안고
저녁 때 폭음을 했단다.
너를 위하여, 이 땅의 착한 누이들을 위하여.

—『사상문예운동』 1991년 가을호

큰누님 생각

내가 문학을 하게 된 동기는
큰누님의 둘째, 그러니까 어린 조카의
죽음 때문에, 그 죽음을 이기기 위해서였다.

큰누님은 방직공장 직공이었다.
열대여섯살 때부터
광주로 대구로 서울로 인천으로
떠돌아다녔던 곡성 태안사 출신의 큰누님.

시집가서는 고시공부하는 매형 뒷바라지에
온 정성 다 쏟더니, 대여섯 번 낙방한 다음에도
은행 청소부로 일하며 몸을 돌보지 않던 큰누님.

아들 넷 이승에 남겨두고
쉰셋에 이 세상 떠나
저승에서도 오로지 열심이신 큰누님.

큰놈이 사시에 합격해 연수원에서
연수하는 모습 보시는지 어쩌시는지
워낙 부지런해 조그만 일은 보지 못하시는 분
큰누님, 큰누님 생각에

태일이는 오늘도 몸과 마음을 삼갑니다.

— 『사상문예운동』 1991년 가을호

너 크나큰 희망이여, 자유여, 진리여

光州每日 창간에 부쳐

산과 하늘이 서로 만나서 요동치는구나.
들판과 하늘이 마주잡고
춤추며 지평선을 만드는구나.
파도와 하늘이 마주안고
포옹하며 수평선을 긋는구나.
너 크나큰 소식이여 사랑이여.

우리 그렇게 한몸, 한뜻으로
이 땅에 소식 전할 때
이 땅을 잠에서 깨워 일으켜세울 때
우리 서로들 영원하리니
우리 너나없이 사랑을 나눌지니
만세!
만세!
만만세로다.

우리 국토 우리가 감싸지 않는다면
우리 곁의 풀잎들,
우리 곁의 돌멩이 하나까지
우리가 어루만지지 않는다면
니 목소리에 내 목소리를

내 목소리에 니 목소리를 보태지 않는다면
니 얼굴에 내 얼굴을
내 얼굴에 니 얼굴을 포개지 않는다면
누가 이 세상을 지켜가리.
누가 이 땅을 일궈가리.
누가 이 세상을 빛으로 뒤덮으리.

너 크나큰 몸부림이여
너 크나큰 고통이여
너 크나큰 태어남이여

때론 지쳐 뒤집혀 하늘 쳐다보며
통곡, 통곡하는 활자들의 몸부림을 보리라.
때론 나아가다 엎어져서 하얀 여백을 치며
울음, 울음 우는 활자들의 고통을 알리라.
때론 침묵으로 누워 있는 활자들의 산고를 알리라.
우리 다함께 별빛 모아
우리 다함께 달빛 그러모아
이 산천을 밝히는 심정으로
어제와 오늘과 내일을 위해
떨리는 가슴 떨리는 손들을 모아.

축배를 들어
천지신명께 올리나이다.

너 크나큰 소식이여 사랑이여
까치소리와 함께 항상 설레임을 전해주는
우리들의 희망이여, 자유여, 진리여.
우리들의 『광주매일』이여.

—『광주매일』 1991년 11월 1일자

새해가 떠오른다

해가 솟는다.
산너머 산너머에서
산꼭대기를 힘차게 디뎌 오르며
壬申年의 새해가 떠오른다.

칠천만의 가슴속을 달구며
이승이나 저승, 산 자나 죽은 자
아직도 누워 있는 자나 걸어다니는 자
가리지 않고 힘차게 솟는다.

땅 끝에서 하늘 끝까지
사무치는 우리네 마음을 이끌며
모든 만물들을 보듬고
전 국토가 한바탕 춤을 출 때,

우리네 마음들은 모조리 열려
깃발도 땅속의 뿌리들도 함께
천지간을 누빌지니

황량한 땅
들끓는 정들이 한데 어울려

갇힌 목소리 열린 목소리
산처럼 엎드려 새 세상 염원할지니
남과 북이 동과 서가
이젠 따로 없겠다.

해가 솟으니
들판에도 아스팔트 위에도
임신년의 꿈이 부푸니
당신 마음 내 마음
이젠 따로 없겠다.

—『예향』 1992년 1월호

우리, 마음을 열어

우리,
마음을 열어
한사랑을 나누자.

꽃들이 피고 지는 한순간에도
해가 뜨고 지는 한순간에도
달이 뜨고 지는 한순간에도

우리
마음을 활짝 열어
한사랑을 가꾸자.

우리땅, 우리겨레 우리사랑
슬플 때나 기쁠 때 가리지 말고
우리살결 우리숨결 한껏 뿜어

천지 사이 가득하게
우리슬기 우리용기 우리혈기
자랑스러이 출렁이자

우리,

마음을 열어
삼라만상 껴안으리.

— 『한사랑』 1992년 8월호

청청한 집에서 사는 돈
광주은행 창업 24주년에 부쳐

이제 청청한 청년의 집이 되었다.
항상 문이 열려 있고 문턱이 낮아
무등산에서 외롭게 청청히 살던 바람도
황금들판을 지나 상가를 신나게 지나
마음껏 드나드는 집이 되었다.

뒤주 밑이 바닥나면 입맛 나고
돈이 떨어지면 입맛 나던 세월 속에서
힘이 부치던 한푼 두푼이 모여들어
오손도손 살면서 힘도 얻었고
장성하여 시집장가도 갔다.

누가 우리들 향해
옛날 속담만 늘어놓느냐?
돈이 있으면 귀신도 부리고
돈이 있으면 처녀불알도 산다?
돈만 있으면 개도 멍첨지고
돈만 있으면 장사고 제갈양?
돈이 없으면 적막강산이고
돈이 있으면 금수강산이라?
돈만 많으면 장사를 잘 하고

소매만 길면 춤도 잘 춘다고?
돈만 있으면 호랑이 눈썹도 빼온다고?

이제 청청한 집에서 사는 돈들도
인격을 내세우며 이웃의 평화를 말한다.
이제 청청한 집을 드나들면서
돈이 잘 도는 세상을 향해
우리들은 손을 씻는다.

돈 한푼 쥐면 땀이 나는 손을
싱싱한 바람결에 씻으면서
돈이 자가사리 끓듯 한 사람을 멀리하면서.

—『광주은행』1992년 11·12월호

들꽃은 더 들꽃답게, 산은 더욱 산답게

새해에는 늘 새로워질 줄 알았다.
이 땅에서 우리 선조들이 살기 시작해온 이래
그렇게 믿으며 꿈으로 살아왔다.
봄에 꽃이 피고 여름엔 푸르고
가을엔 붉어지고 겨울엔 하이얗고
철이 바뀔 때마다 그렇게 믿으며 살아왔다.

때로는 눈물을 흘리고
눈물 위에 웃음을 보태기도 했었다.
때로는 허공을 향해 허허허 웃었고
웃음 뒤에 눈물을 섞기도 했었다.
그렇게 순하디순하게 살아왔다.
아이들을 낳아 기르고
남의 아이들까지 친자식처럼 껴안았었다.
사랑을 쏟아 이 산천을 밝히기도 했다.

눈이 내린다.
제발 우리 어깨 위에 내리지 말고,
진눈깨비가 내린다.
제발 우리들 뺨을 스치지 말고,
비가 내린다.

제발 우리들을 적시지 말고,
하늘에 머물러라.

변하는 것 싫단다.
새로워지는 것 싫단다.
우리들이 사는 마을의 골은 깊어서
구름도 바람도 햇빛도 짜증이 났다.

오직 새끼를 낳아라.
들꽃은 더욱 들꽃답게 퍼져 피고
산은 더욱 산답게 깊어지고 어두워져라.
미움은 더욱 미움답게 쓰러져라.
사랑은 더욱 사랑답게 새끼를 쳐라.
5남매면 어떻고 7남매면 어떠랴.
9남매면 어떻고 11남매면 어떠랴.

괜찮다. 괜찮다. 괜찮다 말고.
날씨가 차고 몸이 떨려 얼음도 얼었다.
오오, 오오
사람이 죽고 그 위에서 태어난다
시간을 붙들지 말고 놓아주거라.

땅을 좁히지 말고 열어주거라.
새해에는 새롭지 않아도 좋다.
새롭지 않은 것이 쌓이고 쌓이면
그것이 새로움이란다.

땅이여 엎어져 있거라.
육체여 썩어져 있거라.
그것이 길이고 사랑이란다.

— 『광주매일』 1993년 1월 1일자

無等이여, 무등일보여
무등일보 창간 5주년에 부쳐

보이는 것이 있다.
광주를 떠나 몇백 몇천만리 밖에 있어도,
눈을 감아도, 보이는 것이 있다.
무등산, 무등산이어라.

들리는 것이 있다.
광주를 떠나 몇백 몇천만리 밖에 있어도
소음에 귀를 닫아도,
메마른 땅에서 뒤척이며 잠 못 이루는
만물들 위에 포근히 내리는 자장가 소리,
무등산, 무등산의 숨결이어라.

흙 한톨의 체온에서 바윗덩어리의 체온까지,
풀 한잎의 흔들림에서 거목의 흔들림까지,
가랑비 한방울의 무게에서 우박의 무게까지,
솔바람 한자락에서 태풍의 위세까지,
개똥벌레 빛에서 달빛까지 별빛까지 햇빛까지,
다 받아들여 포용하여
그 가슴의 넓이와 깊이와 높이가
한량없어라, 황홀해라.
무등산이여, 무등일보여.

같은 항렬로 이 세상 태어나 5년.
있은 일, 있는 일, 있을 일 다 알아
산천초목도 이제 제대로 눈을 뜨게 하누나
산천초목도 이제 제대로 보고 듣게 하누나.
우리들 눈뜨게 하누나. 보게 하누나.
기다림으로 뒤척이던 우리 몸 일으키누나.

같은 항렬로 이 세상에 있으니
한몸 되어 영원하리라
항상 우리 곁에서 청청하리라
무등산이여 무등일보여
무등이여 무등이여.

— 『무등일보』 1993년 10월 10일자

청청하여라 깨어 있어라

전남도민신문 창간 4주년에 부쳐

청청도 하여라.
남도의 푸르름 모두 끌어안고
내일의 초원을 향하여
강물처럼 출렁이는 전남도민신문!

항상 깨어 있어라.
여기, 기쁨과 슬픔 사이에서
여기, 사랑과 미움 사이에서
여기, 풍요와 갈등 사이에서
여기, 영원과 순간 사이에서
여기, 너와 나의 사이에서.

우리들이 매일 딛는 남도의 땅에
찬바람이 불고 찬눈이 내리고
찬 흙 속에서 씨앗들은
꽁꽁 얼어붙은 몸뚱아리를 비비며
오늘도 누워 있을지라도

다투어 봄을 만들어갈 일이다.
다투어 내일을 만들어갈 일이다.
다투어 사랑을 만들어갈 일이다.

아아, 전남도민신문이여.

흙내음 물씬거리는 숨결을 뿜고
저 산처럼 꿋꿋한 모습으로
저 바다처럼 육중한 목소리로
청청하여라
깨어 있어라.

──『전남도민신문』 1994년 5월 15일자

오월동이 광주대학교

개교 14주년에 바침

5·18광주민중항쟁이 일어나기 바로 며칠 전
5월 13일 여기 진월골에서 신화처럼 이 세상에 단 하나일 수밖
에 없는 우리 광주대학교가 포효하며 태어났다.

5·18을 뒤집어 읽으면 8·15가 된다.
이 나라, 이 땅, 이 민족의 제2의 해방은
그러므로 5·18이다. 제2의 해방의 달에
이 민족의 무지와 빈곤을 몰아낼 수 있는 능력인,
땀과 정열을 다 바쳐 자기를 이룩할 수 있는 인내인,
세계의 평화를 걸머질 수 있는 지성인의 요람으로 태어났다.

태양도, 푸르름도 우리 편인 5월에 무엇을 두려워하랴.
냉철한 머리, 뜨거운 가슴을 가진 우리들이 무엇을 두려워하랴.

양심의 한복판에 우리들은 서 있다.
진리의 꼭대기에 우리들은 우뚝 서 있다.
사랑의 무한한 끝에 우리들은 오늘도 서 있다.

앞으로도 영원히 그럴 것이다.
남녘바람도 북녘바람도 만나서 짝지을 때,
동녘바람과 서녘바람이 만나서 춤을 출 때까지

그럴 것이다. 그럴 것이다.

오오, 5월이여.
오오, 5월에 태어난 것들이여.
오오, 5월동이 광주대학교여.
영원히 푸르러라, 청청하여라.

— 『광주대신문』 1994년 5월 16일자

아아! 새해, 첫날, 아침, 햇살

보아라.
아아, 새해, 첫날, 아침, 햇살
낡은 것들, 어두운 것들 썩은 것들 모조리 태우며
육천만 개의 햇덩이 무등 위에 솟누나.

오천년 동안 뒤엉킨 우리들의 세월에
오천년 동안 떠도는 한 덩어리 풀려고
무등 위에 햇살 퍼지누나.

백년의 반 세월 이 땅의 허리에서 버티고 있는
낯설고도 무서운 쇠조각들 녹이며
피붙이끼리의 모진 싸움 뜯어말리며
사람마다 흐르지 않는 마음 강물 트며
보아라.
아아, 새해, 첫날, 아침, 햇살
온누리에 출렁이누나.

젖내나는 아이들의 옹알이를 들으며
어른들은 제 삶의 구석구석까지 비추는
빛을 받을 일이다.
반성하는 법을 다시 배우고

이 첫날 아침 세상에서 가장 게으른 자들도
눈빛 맑고 밝게 세울 일이다.

아아, 새해, 첫날, 아침, 햇살이구나
삼백예순다섯 날을
오월 품으로 껴안아 첫날을 밝힌다.
찬연한 이 아침
의로운, 착하디착한, 그래서
영원토록 준엄한 역사에 길이 새겨 있을
아름다웠던 싸움의 오월이
아아, 새해, 첫날, 아침, 햇살에 안겨오누나.

사람 사는 땅,
사람의 목숨 제대로 살리기 위하여
그 흉물스런 쇠조각들, 무기들, 대립들, 갈등들, 증오들
죄다 녹여 눈부신 꽃송이 피우고
이제는 조국의 허리 내 허리인 양 잇고
니 마음 내 마음의 둑 허물어
저 햇살처럼 보드라운 비단자락을
온몸에 휘감고 춤을 출 일이다.

보아라
아아, 새해, 첫날, 아침, 햇살
사람마다 마음껏 원없이 받고 쬐어
육천만 개의 햇덩이가 되는 꿈을
웃음 짓는 도야지와 함께 뒹굴며
꿈꾸었으리니

이 아니 즐거우랴
눈 덮인 들과 산도
새하얀 숨결로 들썩이누나.
빛나는 민중의 온몸에 햇살이 비추누나.
살아 있는 것들 죽어 있는 모든 것들
뒤엉켜 우리 가락 우리 몸짓으로 춤을 추누나.

— 『전남매일』 1995년 1월 1일자

아무래도 나는 다시 태어나야겠다
소위 광복 50주년이라는 날에

나는 올해 나이 55살
일제시대 5년을 살았고
분단시대 50년을 살았다
그러므로 나는 이 땅에서 55년을 살았는데
55살 빼기 55년이면 나의 나이는 영(零)살이다
그러므로 아무래도 나는 다시 태어나야겠다

남들은 광복 50주년이라고 들떠 있지만
나는 8월 내내 집구석에 처박혀
선풍기도 끈 채 땀 빼며 줄담배를 피워댄다
55살의 나이를 영살로 맞이하려고
55살의 세월을 재로 만들려고
80여일 넘게 술도 끊은 채 그렇게
내 몸에 불을 지피고 있다

이런 나의 역사에 동참이라도 하는지
이 땅의 산천초목도 8월의 태양에 땀 빼며
다투며 몸들을 태우고 있다
진정한 8·15가 아니어서 광복이 아니어서 해방이 아니어서
우리는 5·18로 진정한 광복을 해방을 하려 했다
8·15를 뒤집어보라, 거꾸로 읽어보라, 5·18이 아니더냐

길을 걷노라면 폭발해서
자동차를 타노라면 다리가 무너져서
기차를 타노라면 탈선해서
배를 타노라면 가라앉아서
비행기를 타노라면 떨어져서
큰 건물에 드노라면 폭삭 무너져서
태풍이 오면 남해바다가 뒤덮여서
이승과 저승이 도무지 구분이 안되는 시대
아무래도 나는 다시 태어나야겠다

내란을 일으킨 자들 성공했으므로
'공소권 없음'으로 역사에 맡긴다?
도둑질에 성공한 자들
뇌물수수에 성공한 자들
세금착복에 성공한 자들
밀수에 성공한 자들
강간에 성공한 자들
살인에 성공한 자들
36년 조선통치에 성공한 자들
50년 분단고착에 성공한 자들

역사에 맡긴다?

나는 이런 역사 속에 있는 것이 부끄럽다
또 나는 이런 역사 속에 있는 것이 억울하다
귀기울여보라 이런 역사 속에 있는
산천초목도 부끄럽다고 억울하다고 한다

오늘 나의 나이 영살
아무래도 나는 다시 태어나야겠다
올해 당신들의 나이도 영살
아무래도 당신들도 다시 태어나야겠다
올해 산천초목의 나이도 영살
아무래도 당신들도 다시 태어나야겠다

—『전남일보』1995년 8월 15일자

수수천만년 푸르러라, 한결같아라

창간 한돌에 부쳐

우리땅 휘이휘이 에돌아
남도땅 두루두루 휘돌아
무등 아래 탯자리 삼은
광남일보사
우리네 오월 푸르고 드높아 영원하듯
수수천천만만년 푸르러라

온누리 이 강산 신록에 취할 때
모든 살아 있는 것들 춤추니
모든 죽은 것들도 생명 얻어
아아, 삼라만상이 어우러지는 오월

밝은 신문
따뜻한 신문
늘푸른 신문 탄생시켜
이 하늘 받쳐 이 땅, 이 겨레 이끌려고
태어난 그 이름 광남일보사

태어난 지 일년 만에 광속도로 뻗어가는
저 거동 좀 보소!
당당하다 힘차다 바르다

이, 아니, 경사, 아니런가

밝고, 따뜻하고 늘푸른 세상 열렸으니
수수천천만만년 푸르러라, 한결같아라.

— 『광남일보』 1996년 5월 25일자

온누리, 빛누리에 가득 넘쳐라

이랴 낄낄, 이랴 낄낄
아드, 아드, 아드
워, 워, 워. 워, 워, 워
이랴 낄낄, 이랴 낄낄
그리운 음성, 새 아침
새 들녘에 메아리친다.

두 뿔 펄럭이며
누렁소, 흰소, 검정소, 얼룩소
아빠소, 엄마소, 아기소들도 신바람 났다.
새 아침, 새 들녘, 온누리 빛누리에 신바람 났다.

큰 두 눈이며 흰거품이며 새김질 신바람 났다.
하는 짓 하도 우스워
소들이 웃는 세월 아니기를,
어처구니없는 일 펑펑 터져
소들이 짖어대는 이 땅이 아니기를,
이래도 끄덱끄덱,
저래도 끄데끄덱 도무지 대중할 수 없는
소등 탄 양반들 송사 같은 세상 아니기를,
소 잃고 외양간 고치는 집안 아니기를,

아아, 소 닭 보듯 닭 소 보듯 하는 이웃 아니기를……
소 등 비빌 언덕이여, 산맥이여
솟아라,
소같이 벌어서 쥐같이 먹을 세월이여 솟아라.

희망은 가난한 이의 빵이러니
솟을 언덕, 솟을 산맥 위에 덩그러이
희망이여 솟아라.
성공은 멋진 그림물감이러니
모든 보기 흉한 것 칠해버리게
성공이여 솟아라.

기름졌던 우리의 땅, 썩어가는 우리의 땅
하수구 턱 밑까지
피라미, 미꾸라지, 붕어, 메기, 뱀장어
살랑살랑 꼬리치게
실개천, 샛강, 큰강 다시 다시 퍼덕거리고
종달새, 물새 알 낳고 새끼치는
냇가, 보리밭, 밀밭 다시 출렁거리게
산이면 산
언덕이면 언덕

들녘이면 들녘
마을이면 마을에 가득하여라
마음이면 마음에 가득하여라
순하디 순한 마음 부지런히 세상에 가득 넘쳐라.

이랴 낄낄, 이랴 낄낄
아드, 아드, 아드
워, 워, 워. 워, 워, 워
이랴 낄낄, 이랴 낄낄

새 아침, 온누리, 빛누리에
가득 넘쳐라
죽어가는 모든 생명체에
가득 넘쳐라
삼라만상 위에 파도쳐라.

— 『광주매일』 1997년 1월 1일자

늘 밝고 맑은 눈빛처럼

박이도 시인님
박이도 선생님
박이도 교수님
박이도 박사님
박이도 선배님
박이도 형님
그냥 '님'자 빼고
박이도 형!

환갑이라고요?
이제 겨우 한살이라고요?
축하드려요!
형님의 눈빛처럼 빛나고 다사로운
빛고을 光州에서 축하드려요.

늘 밝고 맑은 눈빛을
어두운 세상에 쏟는 형님
늘 밝고 맑고 뜨거운 가슴을
차디찬 세월에 보태는 형님

1960년대 신춘시 동인회를 기억하시지요?

신춘시 기억하시지요?
황　명 권일송 윤삼하 박봉우 강인섭 전영경 장윤우 김원호
박열아 박응석 신명석 박이도 이근배 이수익 박의상 신세훈
조태일 홍윤기 이　탄 박태문 권오운 노익성 이가림 채규판
강인한 김종철 박정만 강희근……을

신춘시 동인 이름으로 축하드려요
후배 시인 조태일이가 축하드려요

　　　　　　　　　　　　　　　　　　—1998년 1월 5일

역사 앞에서, 열사 앞에서

한점도 부끄럼 없기를
반점도 부끄럼 없기를
반반점도 부끄럼 없기를,

올겨울에도 바람이 분다
추위에 쓰러질락 말락 하는 다른 풀대를 일으켜세우며
올겨울에도 눈보라가 친다
추위에 헐벗은 산하를 쓰다듬으며
올겨울에도 바람이 분다
올겨울에도 눈보라가 친다.

열사들의 열망이
열사들의 뜨겁고 당찼던 애국애족 혼이
거대한 산맥이 되어 꿈틀거린다
한반도를 온통 들썩인다.
영원한 조국의 민족의 아들딸인 그대들
지금, 이 땅, 이 가슴에 불을 지피며
꽁꽁 얼어붙은 산하를 녹인다.

역사 앞에서 한점도 부끄럼 없기를
역사 앞에서 반점도 부끄럼 없기를

역사 앞에서 반반점도 부끄럼 없기를
그들은 죽어서 살아 있다.

열사 앞에서 한점도 부끄럼 없기를
열사 앞에서 반반점도 부끄럼 없기를
열사 앞에서 반반점도 부끄럼 없기를
우리들은 살아 있는가.
살아서 죽는 날까지
우리 그들의 뜻을 이어받아
우리 그들의 뜻을 이루어내려고
모진 이 겨울 한복판에
깃발처럼 온몸을 펄럭이고 있는가
눈보라처럼 벌판을 달리고 있는가
바람처럼 이 몸을 자유케 하는가.

역사 앞에서
열사 앞에서.

— 『민주열사회보』 1998년 3월 20일자

포철이여, 세계의 햇덩이로 치솟거라

자랑스러워요, 포철
미더워요, 포철
멋있어요, 포철

우리들의 핏줄처럼 굽이치는
우리들의 숨결처럼 일렁이는
동해바다 푸르른 물결이
날마다 날마다 벌건 햇덩이를 들어올리듯,

여기 포철의 동해바다 같은 형제들이
그 굽이치는 열정들을 달구어서
그 일렁이는 숨결들을 던져서
그 뜨거운 눈빛들을 모아서
활화산처럼 타오르는 용광로 속에
마침내 국민들의 열망들을 녹여서
한반도의 햇덩이를 하늘에 띄우는구나

동해 난바다 그 푸르른 물결 속에서
플랑크톤에서 고래까지 온갖 고기떼들이 무리지어 놀듯
방방곡곡의 풀잎과 꽃들, 돌멩이와 흙들이
순하게 순하게 마음 섞어 포옹하듯

세상의 모든 쇠붙이들, 몸 녹아 마음 녹아
어우러져 얼싸안고 펄펄 끓느니
아아, 쇳물이 춤추니 신명나는구나

그 쇳물이 마침내 국토의 뼈대가 되고
조국의 맥박이 되고 힘이 되었으니
조국의 밝은 미래가 되었으니,

포철이여
이 땅 운명의 영원한 청춘의 용광로여,
칠천만 겨레에 불기둥 같은 염원을 업고
오대양 들끓게 하고 육대주 달구고 녹이는
세계의 초일류 용광로로 타올라라
세계의 햇덩이로 치솟거라

사람을 사람답게 하는 포철
인류를 인류답게 하는 포철
세상을 세상답게 하는 포철
사랑해요 포철

—『포스코신문』1998년 4월 2일자

그립습니다

교수님을 떠올리면
김광섭 선생님
김진수 선생님
황순원 선생님
조병화 선생님
서정범 선생님
박이도 선생님이
가을하늘 뭉게구름처럼 피어 떠오르십니다.
그립습니다.

박사님의
그 카랑카랑한 음성이, 정감이 흠뻑 젖어 있는 그 금속성이
선생님들의 사이사이를 오가며
메아리칩니다.
그립습니다.

선생님
1960년대
마포중학교 교사 시절이었을 것입니다.
고경식 형님(이라고 처음 불러봅니다)은
술 잘 드시고, 장기 잘 두어

남의 궁궐도 겁 없이 정신없이 때려부수고
후배들 잘 다독거리시며
허름한 책보자기 들고
무엇이 그리 바쁘다고, 할일이 그리 많다고
빠른 걸음걸음으로 캠퍼스를 누비시던 형님!
그 빠른 걸음 어디다 멈춰됐다가
이제야 겨우 환갑고개 오르시다니!
그동안 참 고생 많으셨습니다.
그 고생까지도 그립습니다.

고경식 선생님!
경희학원 그 모든 것이 그리워 죽겠습니다.
이 그리움으로, 고경식 선생님!
회갑을 축하드립니다.
고경식 형님!
삼라만상이 각기 제자리에서 즐거워합니다.
이 즐거움으로, 경식이 형님!
이제 겨우 예순번째 맞는 생신을,
새로운 탄생을 축하드립니다.
박수! 박수! 박수!……
그립습니다.

—1998년 9월

가슴이 시리도록 푸르러라
목포대신문 창간 19주년을 맞아

서남해안의 하늘은 푸르러 푸르러
높고도 높다. 눈부시다. 가슴 시리다.
청계면 도림리의 젊은 목소리와
뜨거운 가슴, 냉철한 머리는
저 푸르러 푸르러 높은 하늘에 사무쳐 요동쳐라.

승달산 자락의 숲들은
오늘도 쉼없이 몸 비비며 팔 흔들며
푸르름에 한껏 취했다.

도덕와 의리, 덕성과 신의로 무장하고
새 시대 개척하는 창조의 열기로
봉사하는 우리들에겐 장벽은 없다.

요동쳐라
가슴, 가슴, 뜨거운 가슴, 가슴
요동쳐라
언어, 언어, 꿈틀대는 언어, 언어
요동쳐라
자유, 자유, 타오르는 횃불, 횃불
요동쳐라

목포대신문, 목포대신문, 밝아오는 새날, 새날.

펜 한 자루로 이룩하라 창조
펜 한 자루로 실천하라 덕의
펜 한 자루로 뛰어라 봉사.

눈을 떠 보아라, 눈의 갈증
입을 열어 말하라, 입의 갈증
귀를 세워 들어라, 귀의 갈증.

— 『목포대신문』 1998년

온 세상 화안히 밝히는 꽃빛이거라

진월골의 모래 한 알
진월골의 돌멩이 하나
진월골의 풀잎 하나
우리의 사랑 아닌 것 없네.
우리의 추억 아닌 것 없네.

오랜 시간 꿈꾸며
몸과 마음 한덩어리로 달구고 벼리어
지금, 이토록 여물어버린
진월골의 꽃씨들이여!

어딘들 못 가랴
이 당당한 봄빛들 가슴 앞세우고
어느 길인들 못 누비랴
이 들썩이는 바람 숨결 뒤에 거느리고

水門을 활짝 열어제치며
난바다로 향하는 강물처럼
진월골 문을 떠나는 그대들,
그대들 모습 참으로 찬란하다. 눈부시다!

이 떠남이
마침내 무궁한 시작이리니

여기, 작은 그러나 당찬 솔씨들
내일은 한 그루 솔이거라, 청청한 솔숲이거라
온누리 누비는 솔바람이거라.
여기, 작은 그러나 당찬 꽃씨들
내일은 한 송이 꽃이거라, 꽃밭이거라
온 세상 화안히 밝히는 꽃빛이거라

— 『광주대신문』 1999년 2월 22일자

思父曲

한 발 떼고 이런 생각
두 발 떼고 저런 생각
세 발, 네 발…… 이리저리 헤매다가 밤 깊어 생각 깊어
보일 듯 보일 듯 희미히 오시네,

처지다 늘어지다 아예 꺾인 목,
꺼진 들썩이는 어깻죽지, 휘청이는 바짓가랑이,
닳아진 신발창 밑에 꼬옥꼬옥 숨겨둔
아버지라는 이름의 외로움을
한번쯤이라도 힐끔 훔쳐본 적 있나요?

희망은 가난한 자, 방황하는 자의 빵이라고
새끼 둔 소 갈마 벗을 날 없다고
지네발에 신발 신기듯 식솔들 돌보느라
가문 날 웅덩이물처럼 자꾸만 자꾸만 졸아드는 사람,
실직에 가슴 덜커덩 무너지고
안쓰런 아내 눈빛에 마음 쓰리고
철없는 자식들 낯빛에 겁나는 사람
한잔 술값에도 눈치 보는 사람

이 세상 떠멜 양 어깨 빛나던 적 있었지요

날 선 파도 품을 양 요동치던 가슴인 적 있었지요
커서 울 아빠처럼 될 거야,
커서 울 아빠처럼 살 거야, 이런 소리 들은 적 있었지요.

희망 절망 기쁨 설움
신명 고뇌 취업 실업
멍에처럼 가득 지고 절뚝이는 사람, 달과 별과 함께 걸어
어둠 깊어진 골목, 머뭇거리는 발걸음
초인종 앞에서 떨리는 손, 저 손
아, 저 모습보다 더 캄캄한 어둠 없어요.
아, 저 처진, 늘어진, 꺾인 목덜미보다
더 깊은 외로움 없어요

그리하여
아버지여, 아버지여, 아버지여
당신보다 더 찬란한 빛 없어요
당신보다 더 진한 물감 없어요
당신보다 더 소중한 모습 없어요

이 세상 이 세상 이 세상
당신의 빛으로, 물감으로, 모습으로 색칠하세요

우리 우리 우리 우리 아버지 아버지……

— 『중앙일보』 1999년 5월

탱자나무의 뜻

파아란 하늘이거나
회색 하늘이거나
흘레구름 떠도는 검은 하늘이거나
온몸으로 떠받치고 서 있는 뜻은,

잔 뿌리 큰 뿌리 작은 줄기 큰 줄기
작은 가지 큰 가지 잎파리 잎파리 가시 가시들을
나비며 벌, 하루살이까지를
총동원! 총동원! 하여
어깨 겯거니 틀거니 울타리 이루는 뜻은,

불어닥치는 흘레바람들을
가지마다 성난 가시마다
칭칭 감아 묶어두는 뜻은,

쪼끄만,
보일 듯 말 듯 저 쬐그만 흰 꽃들의
그 살결이랑 마음결 어루만져 다독이는 뜻은,

푸른 아기탱자 방울 방울 낳아
황금 탱자로 키워서

잔치 벌이기 위해서라나
시집 장가 보내는,

아, 그땐
묶였던 바람도 제 몸 스스로 풀어
절뚝이며 춤추리
아, 그땐
그 황금빛
내 눈에 들어 살다가 무덤까지 따르리
저승길 밝히리

— 『시세계』 1999년 여름호

구례군 산동마을의 산수유꽃

밤이면 밤마다
모래톱으로 야금야금 스며오는
저 서러운 섬진강 물소리 들으며
흐느꼈으리, 산마누라*와 함께

빨치산들의
따콩, 따콩, 따콩 장총소리
드르르 띠띠 드르르 따따 따발총 소리,

굶다 굶다 탈진하며
침 넘기던 소리 들으며
울먹였으리, 산마누라와 함께

복받치는 사연 어쩌지 못해
잎보다 먼저 내민 얼골
저 눈 시린,
노오랗게 샛노오랗게
구시렁거리며,
도란거리며,
지리산 자락마다 흐드러지게 흔들리네.

* 산신령.

—『시세계』 1999년 여름호

산벚꽃

새벽에 일어나
가까이 멀리 누워 있는 산들을 본다
밤안개, 산안개
아직도 산자락을 핥으며
낮게 낮게 포복하고 있는 것을 본다.

안개가 산모퉁이를 돌아
꼬리를 감추자
웬일인가, 창밖에선
저녁내내 벼락이 치고 번개를 몰고
폭우가 쏟아졌는지

허연 빛깔, 연분홍빛깔, 회색빛깔 같은
저 화려한 상처는, 아우성은
산사태다, 저건 산사태다

산짐승, 날짐승,
잔 풀잎들도, 나무들도
저런 사태 속에서는
안녕하셨을 거야
편히 주무셨을 거야.

— 『시와생명』 1999년 여름호

씨앗

큰 바위 밑
응달진 곳
한줌도 안되는 흙 위의

외톨이.

어디서 날아왔을까
저 바위 밀어 굴릴 수 있을까

눈감고
수행하는 이

수백 수천 미터
밑에서 조잘대는
물소리 듣고
뿌리 내린다

저
전율의
발광체.

— 『시와생명』 1999년 여름호

무덤과 하늘

봉긋한 무덤들이
밤새도록 도란도란 모여
마음 한자락씩 떼어모아
머리 위에 띄웠을 거야

생시의 기억 더듬어
당신도 한점, 나도 한점, 별들 그리고
초승달도 한점 그리고
구름도 퍼질러놓았을 거야

조선의 무덤들은
저렇게 순한 하늘을 공중에 띄워놓고
그 밑에
산들 그리고
나무들 그리고
그 밑에
잔풀들도 서둘러 그려놓고

새벽이 오자
서로 흩어져
시치미 떼고

— 『시와생명』 1999년 여름호

어느 뻘밭 풍경

누가
저리 짓이겨
반죽을 잘해놓았나

기름냄새 질펀한 아스팔트길,
그 끝, 밭길도 논길도 소금밭길도
여기서는 형체도 없이
반죽이 되었네
사람의 눈길도 반죽이 되었네
아, 반질반질 한몸뚱이 돼부렀네.

어리디어린 쬐그만 게 새끼들
새끼들 새끼들 새끼들 새끼들
따라오라, 어서어서 따라오라
발 들어 발짓 손 들어 손짓
만세, 만세, 만세 부르며
서럽고도 고달픈 옆걸음치며
바다로, 바다로, 바다로 나아가네

어미도 애비도 없이
아, 두려움도 없이

길을 트며
길을 내며

—『창작과비평』 1999년 여름호

소금밭을 지나며

소금밭 근처에
웅성이는 별빛 유난스레 바쁘다
별똥별빛까지도
달빛까지도

밀물결 타면 사랑의 노래,
썰물결 타면 이별의 노래가,
파도를 타면 난바다의 어선이,
잔잔한 물결 타면 비단결이 된다

소금밭에 쏟아지면
흰 이빨들 되어
내 오장육부 짓뜯는다
내 오관 짓씹는다

사랑의
이별의
쓰림의
시림의
열반의
이
法悅

— 『창작과비평』 1999년 여름호

몸과 그림자

어쩔 것인가, 밤이면
저 나무들, 풀들, 숲들의 그림자들
제 주인 몸속으로 들어가
한몸 된다.

어쩔 것인가, 밤이면
모든 빛들도
지상에서는 그림자이더니
승천하여 제 몸 파고들어
한몸 된다.

어쩔 것인가, 밤이면
낮이면 몸종으로 늘 따라다니던 놈,
이불 뒤집어쓰니
몸속 파고들어
한몸 되어 함께 숨쉬는 것을

어쩔 것인가, 밤이면
시 밖에서
장돌뱅이로 떠돌던 이론들도
이제는 돌아와
문밖에서 서성이는 것을

— 『창작과비평』 1999년 여름호

하늘

저 높고 넓은 마음
쬐끄만 내 눈에 들이기엔
벅찰까봐 넘쳐흘러 버릴까 봐
눈을 주지 말자 결단코
눈을 주지 말자고
다짐 다짐 하면서도.

하늘을 오가는
철새들의 느닷없는 푸른 뗏소리에
그만 눈을 주고 마네.

눈을 주면
벅차기는커녕, 넘치기는커녕
통째로 들어와버리네.

들어와
천둥도, 번개도 만들고
비도 내리고
별들도, 달도, 태양도 띄우네.
노여움도, 기쁨도, 슬픔도 만드네
저 높고 저 넓은
마음.

— 『현대시』 1999년 9월호

어느 바위

얼마나 많은 목소리들
달려와 박치기했길래.

얼마나 많은 세월 동안
그 목소리들을
껴안고 얼르고 쓰다듬다가
메아리로 되돌려보냈기에

온몸에 굳은살이 돋고
가슴 저리 새카맣다냐.

— 『현대시』 1999년 9월호

다시 보는 봄

온 몸뚱아리가 자궁이네
눈으로도
마음으로도 보이는
봄의 대지.

— 『현대시』 1999년 9월호

굴뚝새

꽁지가
너무
짧아

한 번이라도
제대로
꽁지춤
추어 봤을까.

어느
시인에게도
어느
화가에게도
어느
가수에게도
눈에
들지 못하고

오늘도
이 처마
저 처마

밑을
오가는,

크기가
5cm쯤의
우주덩이.

— 『사람의문학』 1999년 가을호

아이가 되는 봄

가만가만
둘러 보아라
사방천지가
봄빛을
짜내는
찬란한
젖꼭지다.
저 젖꼭지들의
수작 앞에서
그 누가
감히
어른일 수 있으랴.

— 『사람의문학』 1999년 가을호

희열

어미개가 바알간 젖꼭지를
이열횡대로 드러내놓고
비스듬히 누워 있다.

강아지들이 눈감은 채
고물고물 모여서
쪽쪽거리고 있다.

통째로 빨며
통째로 빨리는
완벽한
희열.

—『사람의문학』 1999년 가을호

당신들은 감옥에서 우리들은 밖에서

당신들은 감옥에서 우리들은 밖에서
오늘도 어두운 세상을 붙들고
말로써 말이 잘 통하지 않는 꼴을
사람이면서 사람을 사람으로 대접하지 않는 작태를 생각하면서
철따라 피고 지는 꽃들의 자유로움도 생각하면서
자연은 順理대로 움직이지 않는 것은 하나도 없다고 생각하면서
당신들은 감옥에서 우리들은 밖에서
피울음을 쏟아 천지에 뿌린다.

넓고 넓은 천지를 두고 하필이면 한반도,
그것도 두 동강이 난 비극의 땅에 태어나서
많고 많은 일 중에서 글쓰는 일을 천직으로 살아
글을 쓰기 위해 민주나 자유의 문제를 생각하면서
통일도 생각하면서
우리들은 양심을 속일 수 없다,
우리들은 진실을 외면하지 않겠다,
묶이고 또 묶이고
끌려가고 또 끌려가도
보는 대로 말하리라 듣는 대로 말하리라
모든 것을 놓치지 않고 증언하리라.
당신들은 감옥에서 우리들은 밖에서

피울음 쏟아 이 세상 밝히리라.
양심의 소리를 모조리 쏟아놓으면서
진실의 소리를 모조리 쏟아놓으면서,

우리들의 항상 다정하던 친구
김지하, 양성우, 장기표.
우리들의 항상 다정하던 선배 송기숙.
우리들의 항상 따뜻한 스승 문익환, 이영희 교수.
그리고 수많은 근로자들, 수많은 학생들.
수많은 교수들 수많은 성직자들
오늘도 감옥에서 혹은 밖에서
민주의 탑, 자유의 탑, 통일의 탑,
한층 한층 하늘까지 밝히며 쌓는다.

피울음으로 쌓는다.
양심의 소리로 쌓는다.
진실의 빛으로 쌓는다.
불퇴전의 용맹으로 쌓는다.
당신들은 감옥에서 우리들은 밖에서
이 천지가 온통 빛이 되도록!
우리들은 어쩔 수 없는 사람이기 때문에.

—발표연도·지면 미상

작품 찾아보기

ㅇ

438

조태일 전집—시 2

초판 1쇄 발행/2009년 9월 10일

지은이/조태일
엮은이/이동순
펴낸이/고세현
책임편집/이상술
펴낸곳/(주)창비
등록/1986년 8월 5일 제85호
주소/413-756 경기도 파주시 교하읍 문발리 513-11
전화/031-955-3333
팩시밀리/영업 031-955-3399 · 편집 031-955-3400
홈페이지/www.changbi.com
전자우편/literat@changbi.com
인쇄/한교원색

ⓒ 진정순 2009
ISBN 978-89-364-6024-2 03810
        978-89-364-6995-5 (전4권)